カメラ先輩と
世話焼き上手な
後輩ちゃん
1
OVERLAP
美月麗
Author • ReiMizuki
イラスト • るみこ
Illust • Rmeco

『清花院聖花
せいかいん・せいか』

「本当にわたしのおっぱいが撮りたかったら……
ちゃんと見つけてくださいね、先輩」
「白宮雪希《しらみや・ゆき》」

彩玉 静
さいたま・しずか

カメラ先輩と世話焼き上手な後輩ちゃん 1

美月 麗

OVERLAP

Camera - Senpai to
Sewayaki Jyouzu na Kouhai - Chan

もくじ

1

イラスト／るみこ

プロローグ■おっぱいと少年の出会い

君は、年上の美人なお姉さんのおっぱいに顔をうずめたことはあるだろうか？

あれは、俺が小学生の時だった。

今でもはっきりと覚えているが、担任の先生がめっちゃ美人でめっちゃ巨乳だった。

当時からスケベな少年だった俺は一目でその先生に恋をし、毎日がバラ色だった。

ある時、何の用事か忘れたが、とにかく俺は教室でその美人の先生に呼ばれた。

先生は子供の俺と目線を合わせるために、前かがみになって話し始めた。

そう、前かがみ、である。

美人の巨乳お姉さんが俺の目の前で前かがみになったのである。

その時の光景といったらもう――俺は生涯最大の感動を味わった。

重力に従って垂れ下がり、両腕に挟まれることでこれでもかと存在感を増した先生のおっぱい。……その谷間が、俺の目の前いっぱいに広がった。

当然、俺の頭の中はおっぱいでいっぱいになり、先生が何を話しているかなどわからなかった。

それだけでも凄《すご》いことなのに――その時、奇跡が起こった。

なぜかわからんが、同級生の一人が後ろから先生にぶつかった。

お尻に衝撃を与えられたせいで先生はバランスを崩し、前に転びそうになったのである。

同級生は、悪戯《いたずら》で先生のお尻を押したのだろうか？

あるいは、何らかの事故だったのだろうか？

今となっては、わからない。

だがそんなこと、その時の俺にはどうでもよかった。


ふにゅうり。


そう。

温かくて、柔らかくて、優しい何かに俺は包まれた。

それが先生のおっぱいであることに気づくまで、しばらく時間がかかった。

先生の見事な巨乳の谷間に、小学生の俺の顔はすっぽりと収まったのだった。

「…………………………………………」

その時の感動を、ご想像いただけるだろうか？

先生が必死で謝っていたのをなんとなく覚えているが、俺の中は喜びと感謝でいっぱいだった。むしろ、「逆にありがとうございます」だった。

この夢のような出来事が、俺の人生を変えた。いや、俺の人生を決めた。

おっぱいのために生きよう。

おっぱい道を極めよう。

おっぱい王に、俺はなる！

そうして幼い俺は……おっぱいという美を芸術という形で表現し、人々を感動させ、未《み》来永劫《らいえいごう》この世界に残したいと思い――それが、夢になった。

……長々と俺の思い出話に付き合ってくれてありがとう。

さてそこで、俺が何を言いたいかと言うと……

今の話を聞いて、何か感じるところはなかったか？

胸を熱くする何かを感じなかったか？

もしそうだとしたら、君も俺と同じものを持っているのだとしたら――俺はここに宣言する。

「おっぱいの、おっぱいによる、おっぱいのための芸術を、俺がこの手で作る！」

君も、俺と共に、おっぱいを極めてみないか！


ファインダーの向こうに、海が広がっている。

青く澄み渡る空。寄せては返す波の音。頬をくすぐる潮風。シャワーのように降り注ぐ陽《ひ》の光が、宝石をちりばめたように水面をきらきらと輝かせていく。

パシャ――あの人生を変える出来事から早数年。おっぱいを目指した少年・神崎彩人《かんざきあやと》は中学三年生になり、熱い砂浜を踏みしめ、目の前に広がる海と空を写真に収めていた。

季節は夏。爽快な景色に心が清々《すがすが》しくなり、思わず声を漏らす。

「……やっぱり、海はいいな」

ここは、神奈川県茅ヶ崎《ちがさき》市にあるサザンビーチちがさき海水浴場。

街の中心駅から歩いて二十分ほどの距離にあるその場所は、夏休みということもあり、大勢の人で賑《にぎ》わっている。

人目も憚《はばか》らずにいちゃつくカップル、仲間と一緒にはしゃぐ高校生、子供連れの家族、最高の波を求めて足を運ぶサーファー……みんな、夏の太陽にこんがりと焼かれながら、これでもかと夏の海を楽しんでいた。

砂浜から上がってすぐの場所にあるカフェも大盛況で、オープンテラスは海を眺めながら食事をする人々の笑顔で溢《あふ》れ、その光景を見ているだけでもなんだか幸せな気分になってしまう。

有名な観光地である近隣の鎌倉や若者に人気の江の島から離れたここ茅ヶ崎は、一年を通してのんびりとした雰囲気の街。それでいて都内へのアクセスもよく、電車で一時間ほどで行けたりする。海が近いことから、新鮮な海の幸を味わえることも魅力のひとつだ。

今日もゆったりとした時間の中、潮風と共にこの街は生きている。

天気のいいビーチの砂浜に立ち、彩人は海の彼方《かなた》を見つめた。

「……父さんと母さんは、今頃どこの国だろうな」

彩人の父は、カメラマン。母は画家であり、先祖を遡れば有名な芸術家がちらほらいる家系。

そんな家に生まれた彩人は幼い頃から両親に連れられて世界中を巡り、様々な景色を写真に収めてきた。

彩人のカメラの才能は幼い頃から認められており、数々のコンテストで入賞。一時期はカメラの天才少年としてプチ有名人になり、今も彩人の通う中学には彼の撮った写真が飾られている。

「また無茶してなきゃいいけど」

海の彼方を眺めながら、彩人は両親に想《おも》いを馳《は》せる。

きっと、今もどこぞの国で心行くまで表現欲を満たしているのだろう。

夢中になって、シャッターを切る父とキャンバスに筆を走らせる母の姿が目に浮かぶ。

彩人の両親は根っからの芸術家肌。

父はいい写真を撮るためなら、母はいい絵を描くためなら割と常識をぶち破る。

また無茶をしてアフリカのライオンとツーショット写真など撮っていなければいいが（ライオンと信頼関係を築き、写真を撮る活動があるらしい）……まあ、あの二人なら大丈夫だろうと彩人は特に心配はしていない。

「来年は俺も海外で思いっきり写真を撮りたいな」

そんな両親に引きかえ、今年の彩人は高校受験を控えているため毎年恒例の家族旅行には参加せず、日本に残って勉強漬けの毎日だ。

無事に受験に合格したら、来年の夏こそは色んな国で写真三昧の日々を送ろうと心に決めて、今は勉強あるのみ。

とはいえ、時には癒しも必要。駅前にある塾での夏期講習を終えた彩人は、そのままこのビーチまで足を延ばし海を撮っていた。

外国の景色も魅力的だが、地元の景色もまたいいものだ。

「きゃはは、やだも〜♪」

「ふふふ♡」

その時、彩人のそばを二人の女性が通り過ぎる。

大学生くらいで、とても美人さんの二人だ。ここは海であるから当然二人は水着であるのだが、その水着が非常に目を引くものだった。

モノキニと言う、前からはワンピースに見えるが後ろから見ると肌の露出が多いビキニになっている水着。デザインは様々であり、その二人が着ているのは前面のワンピース部分にも大胆なカットが施され、肌の露出面積がさらに増しているタイプのもの。

ぽよん♪　たゆん♪　ぽよよん♡

しかも二人の女性はとてつもなくスタイルがよく、胸元にもカットが施されているため谷間の露出が激しく、おっぱいの揺れがダイレクトに伝わってくる。

楽しそうに笑みを浮かべながら砂浜を踏みしめるたび、リズミカルにおっぱいが揺れる。

おっぱい写真

――ふいに、そんな言葉が浮かんだ。

それは彩人が小学生の頃、担任の美人教師の胸に顔をうずめておっぱいの素晴らしさを知って以来、抱き続けてきた夢。

自分の夢を心に浮かべた彩人は、少しだけ悲しみを覚える。

「俺ももう中三か……時間が経《た》つのは早いな」

撮影のために人の多い遊泳エリアから少し離れた砂浜にいる彩人は、夏の太陽の光と潮風を浴びながら呟《つぶや》く。

――この数年の間、彩人は一枚たりともおっぱい写真を撮れずにいた。

理由は単純明快。人のおっぱいを撮ること自体が難しいという事実に加え、彩人は……人物写真が苦手だった。

父の影響で始めた風景写真では数々の入賞を果たしてきた彩人。しかし、人物写真ではただの一度も入賞経験がない。

何度もシャッターを切り、理論を学び、父や父の友人のプロカメラマンから指導を受けても何も変わらなかった。

風景写真を撮る時に感じられるものが、人物をファインダーに収めると消えてしまう。

努力しても結果が出せない彩人はしだいに風景写真ばかりを撮るようになり、やがて、おっぱい写真からも遠ざかっていた。

「……」

波音が、彩人の心に呼応するように響く。

……思い返してみても、自分は恵まれていると彩人は思う。

芸術一家に生まれ、大好きなカメラが生まれた時からそばにあり、最高の環境で学ぶことができた。

その上で自分の作品を評価されているのだから、言うことなどない――はずなのに、物足りない感覚は常に彩人の心の中にあった。

……満たされない何かを訴えるように、魂はずっと叫び続けている。

しかし、事はおっぱい。

男の自分が気軽に撮れるものでもなければ、人から簡単に評価されるものでもない。

まして、自分が求めるおっぱい写真がどういうものか、自分でもよくわかっていない。

ただ、この胸を焦がすような衝動がいつまでも心を震わせている。


「――あの」

「？」

ふいにかけられた声に彩人は振り返る。

見れば、砂浜を踏みしめ、一人の少女が立っていた。

低い背に、小さくて華奢《きゃしゃ》な身体《からだ》。

見覚えのない少女だが、まず、その少女が着ている制服が目に入った。

このビーチの近くにある清風《きよかぜ》学園の夏制服。

幼馴染《おさななじみ》の少女が着ているものと同じデザインだから、間違いない。

「……何か用――」

どうやら自分に話しかけていることを理解した彩人は、初対面の少女に用件を問おうとした――


――ぼんっ！！！


「「――っ」」

瞬間。突然、少女の夏制服の胸元が爆発した。

――。

まさに、奇跡だった。

スローモーションのように世界が動き、ボタンが弾《はじ》け飛び、夏制服の胸元から――それは、姿を現した。

　おっぱい。


白く、大きく、美しく——そしてなにより、形のいいおっぱいが姿を見せた。

理想。

まさに、理想のおっぱい。

色、形、つや、その全てが、究極の美を表現している。

その、あまりの美しさに、彩人は時が経つのも忘れ、自分がどこにいるのかもわからなくなった。

「——っ」

時間の感覚が元に戻る。

慌てて両手で胸元を押さえた少女は、顔を真っ赤にしてその場から駆け出した。

——。

少女は、去っていく。

おっぱいの美しさに心を染められ、呆然《ぼうぜん》と立ち尽くすことしかできない彩人を置いて。

「……」

ウミネコが飛び立った。羽を広げ風に乗って、空へと吸い込まれていく。

ミャア、ミャアと猫のような声が辺りに響いた。

夏の海に満足そうな笑顔を見せる人々は、一人、また一人と砂浜を踏みしめてビーチを去っていく。

「――」

がくりと。

彩人は砂浜に両膝をついた。

ゆらりと揺れた身体は重力に負けたように倒れ、熱い砂浜の上にその身を横たえた。

彩人は、指一つ動かせない。

頬に感じる砂の感触も、身体を撫《な》でる潮風の心地よさも、人々の楽しそうな声も、ウミネコの鳴き声も、何もかも彼方へと消え失《う》せていく。

今この瞬間も――ただただ、おっぱいの美しさに震えることしかできない。

「……」

小学生の頃、偶然美人な先生のおっぱいに顔をうずめ、おっぱいの素晴らしさに目覚めてから早数年……。

――その時以上の感激が、彩人という少年の魂の中で生まれ、爆発した。

彩人《あやと》はもう一度、強烈に、自分の夢を自覚した。

「そうだ。やっぱり、俺は……おっぱいを撮りたかったんだ」

その瞬間、彩人の夢が――本当の意味で決まった。

今まであやふやだった夢が形をとり、はっきりと顕現した。

「――」

と同時に、あまりにも大きな衝撃と感情のゆらめきによって、急速に意識が遠のいていく。

……意識を失う寸前、彩人は自分の想いを言葉にする。

「――俺は、最高のおっぱい写真を撮る！」

1枚目 ■ おっぱいを撮りたい先輩と演技派な後輩ちゃん

海辺に建つその学園の名は——清風学園。

風光明媚《ふうこうめいび》な場所に建つ校舎、長い歴史と伝統を持ち、幼等部〜大学までを擁する一貫校。

現在では一般生徒の方が多くなっているが、元々は政財界で活躍する人材を輩出するために造られた学園であり、今でも有名企業の子息令嬢が籍を置く由緒ある学園である。

他校とは一線を画す、生徒たちの能力を伸ばすカリキュラムだけでなく、生徒たちの情操教育にも配慮がなされ、数年ごとに最新鋭の設備が整えられることに加え、学園内を美しい庭園や花壇、像などの芸術品が彩っていることでも知られている。

その様子は学園というよりも、美術館や西洋のお城のような雰囲気がある。

また、『芸術的な感性を伸ばすことは、生徒の人生を彩ることである』という学園の教育理念が掲げられており、高名な芸術家を招いての授業や展覧会、そして、文科系の部活にチャンスを与えるための学内コンテストなどが設けられている。

事実、その理念を裏付けるように学園の卒業生には有名人が多く、中でも芸術家として大成する生徒が目立っていた。偏差値、校舎の設備、カリキュラム、優秀な教師陣、そして、海辺に建つ景色のいい立地から、毎年多くの生徒たちが入学を希望する人気校である。

パシャリ——そんな学園に咲く一輪の花に魅せられ、カメラのシャッターを切った少年がいた。

「彩人」

「おう、冬夜《とうや》」

神崎《かんざき》彩人。清風学園高等部二年。カメラ部部長。

いつも首からカメラを下げている少年は、今日も元気に写真を撮っていた。

授業が終わり、放課後になったばかりの時間帯。海を渡ってきた潮風が、花壇の花たちを揺らしている。すでに慣れ親しんだ親友の声に彩人は顔をあげ、笑顔を見せた。

「今日も、彩人はカメラに夢中だね」

桐生《きりゅう》冬夜。清風学園高等部二年。美術部所属。名門桐生家の跡取り息子であり、彩人のクラスメイト。

さらさらの金髪に、整った細面。爽やかな笑みを浮かべながらキラキラと輝く星のようなオーラを纏《まと》い、その魅力で何人もの女子生徒を虜《とりこ》にしている美少年。

まさに王子様と呼ぶにふさわしい容姿と家柄を持ち、性格までいいのだから天はイケメンに肩入れしすぎであるとは全男子の本音だ。学園の美少女たちから告白されまくっていることから、男子女子教師問わず超有名人な王子様である。

「ああ、花壇の花が綺麗《きれい》に咲いていたからな」

正直、こんな完璧な美少年がなぜ自分と親友でいてくれるのか、常々疑問だった。

だが、もう親友として一年以上の付き合いになるから今さらだと彩人は思っている。

「冬夜は美術部か？」

「うん。先生から頼まれた用事が終わったからね。これから行くところだよ。よかったら、途中まで一緒に行こう」

「おう」

入学時、彩人が引き継いだカメラ部は部員〇人で廃部寸前だった。

そんな彩人に協力するため、美術部に所属する冬夜はカメラ部にも入部をしてくれた。

このことからもわかるように、家柄は違っても冬夜は気さくで優しい。というより、この学園に存在するお嬢様お坊ちゃまはありがたいことにみんなこんな感じだ。

この土地ののんびりした空気がそうさせるのか、おかげでゆったりとした学園生活を送らせてもらっている。


「あ、あのっ！」


と、歩き始めてまもなくのことだった。ふいに呼び止められた彩人と冬夜は、振り向く。

場所は、花壇の前。心地よい四月の風が吹き、その女子生徒の制服のスカートを揺らした。

「と、冬夜くんっ！　ずっと、ずっと、好きでしたっ！　わたしと付き合ってくださいっ！」

どうやら、告白のようだ。リボンの色から同級生だとわかる。ショートヘアの可愛《かわい》らしい女の子は顔を真っ赤にしており、精一杯勇気を振り絞った気持ちが窺《うかが》える。

「……ごめん」

だが冬夜は告白されても即、断る。こんなに可愛い女の子に告白されて動揺なしかと彩人は思うが、これはいつものこと。イケメンの冬夜くんはよくこうして告白されているのだ。

「わかってます！　冬夜くんが、実のお姉さんのことを好きなことはっ！」

さっきはイケメンに肩入れしすぎと言ったが、ちゃんと天はバランスをとるものらしい。完全無欠の冬夜くんは、重度のシスコンで実の姉にガチ恋していた。実の姉が好きだから、女の子にモテまくっても彼女ができたことは一度もないという変わった王子様だ。

「だから、わたしが冬夜くんのお姉さんになります！　付き合ってください！」

だというのに、このモテっぷりはどういうことなのか。

未《いま》だ必死に食い下がる女の子に向け、冬夜は優しい眼差《まなざ》しを向けた。

「君には、妹さんがいたよね」

「は、はい。妹が一人」

すると、冬夜はその女子生徒の肩にそっと触れた。

「君はその妹さんにとって、世界で唯一のお姉さんなんだ。だから、僕が君の弟になることはできないよ」

イケメンに真正面から見つめられ、女子生徒の頬が紅潮していく。

「妹さんのことを、大切にね」

「……は、はい」

フラれたはずだが、女子生徒は天国にでもいるかのように幸せそうだ。恍惚《こうこつ》とした表情を浮かべながらへにゃりとしゃがみこみ、「冬夜しゃま……」と魂がどこかへ旅立っている。

「……と、冬夜くん」

「ごめん、お待たせ。彩人」

「いや、いつものことだからいいけど……相変わらずのモテっぷりだな」

「ふふ、彩人がそれを言うのかい？」

微笑《ほほえ》みだけで絵になる美少年は、爽やかに理解不能な発言をしてきた。

「彩人は、僕以上にモテるじゃないか」

「いったい何を言っているんでしょうか、王子様？」

容姿も性格も家柄も完璧、勉強もスポーツも優秀で芸術的センスもあるモテ王子は、時折おかしなことを言う。

「彩人に想《おも》いを寄せる女の子たちに申し訳ないから、これ以上は何も言えないけどね」

「なるほど、その女の子たちがどこにいるのか是非ご教示願いたい」

本気でわからないという顔をする彩人に苦笑してから、冬夜は話題を変えた。

「そういえば、改めておめでとう、彩人。入賞した人物写真、素晴らしかったよ」

「……お、おう。ありがとう」

面と向かって褒めてもらえて、彩人は嬉《うれ》しくなる。このたび、ずっと苦手だった人物写真で彩人は入賞した。あれだけ手こずっていたジャンルを、見事克服したのだ。

「聖花《せいか》ちゃんが凄《すご》かったね」

「あ、ああ。そうだな」

人物写真で入賞した時のことを思い出し、彩人は若干戸惑う。

「……なんか、明日の夜にお祝いしてくれるらしくて」

「僕も呼ばれているよ。僕も彩人を盛大に祝うつもりだから」

「お手柔らかに……」

お祝いの会を開いてくれるのは、彩人の幼馴染《おさななじみ》のお嬢様、清花院《せいかいん》聖花だ。

これまでにも彩人が入賞するたびにお祝いの会を開いてくれたが……毎回その規模がでかい。

一流料理人によるフルコース、特別に招かれた楽団による生演奏、結婚式のように大きなケーキ……「俺、そんなすごいことしてねえええ！」と彩人は毎回恐縮しきりだった。

「本当にささやかなお祝いでいいんだけど……」

「聖花ちゃんは、それだけ嬉しいんだよ。じゃあ、ここで。また明日の夜に」

「おう、またな」

ちょうど分かれ道まで来たので、冬夜は爽やかに手をあげて去っていく。冬夜の所属する美術部は女子部員の比率が多い。噂《うわさ》によれば、冬夜を目当てに女子の入部希望者が殺到し、入部試験と抽選まで行われたという。

「さて、俺も部室へ行くか。……というか、今日は勝負の日だからな」

今回、彩人はずっと苦手だった人物写真で入賞した。

それは、ある特別な意味を持っていた。

「ここからだ」

まだ誰にも知られていない決意を胸に秘め、彩人は一歩を踏み出した。


彩人が所属するカメラ部の部室は、第一部室棟の二階の端っこにある。窓から海の見える好条件な部室であり、まもなく夕暮れを迎えようとする海はきらきらと輝いている。

この清風《きよかぜ》学園には多種多様な部活が存在し、それに応じて部室棟の数が普通の学校より多い。そんな状況の中でこのような部室に恵まれていることは、幸運と言えた。

「助手！　聞いてくれ！　重大発表がある！」

派手な音を響かせながら、彩人はそんな部室の扉を勢いよく開いた。

そして、入るなり重大な決意を語ろうとしたところ……

「ぱぴる〜ん♪」

「っ」

突然、小柄な少女が彩人《あやと》の前にぴょん！　と躍り出てきた。天使の笑みを浮かべ、両手を胸の前で握りしめながら、楽しそうに身体《からだ》を左右に揺らしている。

「先輩、お疲れ様です☆　今日はちょっとだけ遅かったですね♪　きゃは☆」

白宮《しらみや》雪希《ゆき》。清風学園高等部一年。カメラ部所属。

今年の春、カメラ部に入部してくれた新入生で、なぜか彩人の助手になってくれた女の子。

銀色に輝くショートボブヘア、空のように透きとおる青い瞳、赤ちゃんのように柔らかそうな白い肌と、無垢《むく》な天使か妖精のようにあどけない童顔。

低い身長につつましやかな胸、小動物のように愛らしい身体に学園の制服を纏っている。

清風学園の制服は、一流ブランドのデザイナーによって作られた見事なものだ。

白ブラウスの首元に赤いリボンをつけ、胸元に校章の刺繍《ししゅう》がされたブレザーを羽織り、下はチェック柄のスカートを穿《は》いている。

雪希の場合は、スカートから伸びる太ももとニーソが織りなす絶対領域が非常に眩《まぶ》しい。

頭の片方で揺れている紺色のアクセリボンがよく似合っている。

天の国からやってきたのかと思うほど抜群に可愛いその容姿。

思わずカメラのシャッターを切りたくなるほどの美しさは、このままモデルとしてテレ

ビで活躍できそうなほどのポテンシャルを持っていた。その幻想的な容姿から、学園では『雪の妖精』とか『小さな白雪姫』と呼ばれている。

今も、楽しそうなハイテンションがとても可愛らしい。

「いえ～い☆　それじゃあ、今日も元気に、カメラ部の部活動イっちゃいますか♪」

軽いステップを踏んで小柄な身体をくるりと回転。それに合わせてスカートがひらりと舞う。そのまま前かがみにポーズをとり、左手を膝に置いて姿勢を支える。

ピースサインを右目へ持っていき、左目でぱちんとウインクをキメると、キラッと瞳が輝き、星が飛んだ。アイドル顔負けのキラキラオーラの津波に飲みこまれ、彩人は感激する。

「可愛いいいいいいい！」

「先輩、いえ～い♪」

「いえ～い♪」

とどまるところを知らないハイテンション。雪希の掲げた手に、彩人は自分の手を勢いよく重ね、ばちーんと気持ちのよい音を鳴らす。触れ合った瞬間、雪希のすべすべな肌の感触が伝わってきた。――途端。す、と元気はつらつすぎる後輩の雰囲気が変わった。

「……お疲れ様です、先輩」

一転。小さくて大人しめの声が響く。気のせいか、室内の気温が下がった気がする。

さっきとはうって変わり、無表情でクールな後輩がそこにいた。

「お、おう。……で、今日は、なんの演技だったんだ？」

「今日は、頭のネジが何本かハズれた元気はつらつな不思議ちゃんです」

「そ、そうか」

先程のハイテンションは演技であり、このフラットなクールさが本当の彼女だ。

この後輩、なぜか演技をしてからかってくる。

初めてこの部室で出会った時からこんな調子だったので、今ではもう慣れてしまった。

聞くところによると、中等部の頃は演劇部に所属し、飛びぬけた才能を持っていたらしい。今でも演劇部の先輩たちが雪希を熱心に誘っているくらいだから、その演技は並外れたものだったのだろう。そんな子がなんでカメラ部に入ったのか、彩人には今でも謎である。

「それで、先輩。重大発表ってなんですか？」

涼やかな声音で問われた彩人は、はっとなる。

「おお、そうだった！　聞いてくれ！　助手！」

部の存続のために名前を貸してくれている生徒たちはほとんど顔を出さないため、事実上、彩人と雪希の二人で活動する部活になっている。

彩人はたった一人の正規部員兼助手兼後輩ちゃんに宣言する。

「俺は、最高のおっぱい写真を撮る！」

……。

雪希は、ぴくりとも動かず無表情なまま彩人を見つめている。狭い部室に、男子と女子が二人きり。そんな状況でこんなおバカなことを大声で叫ばれれば当然の反応だ。

やがて雪希はスマホを取り出し、小さな指で、さ、さ、と操作した。

「……先輩」

「どうした、助手よ！」

すっかりテンションが上がっている彩人に向け、雪希はスマホの画面を見せた。

「通報しました」

「するなあああ！」

しっかりと表示される110番……冗談はさておき、雪希は彩人の額に手を当てる。

「大丈夫ですか、先輩。熱でもあるんですか？」

「心配してくれて、ありがとよ！　だが、俺は正常だ！」

「頭をぶつけたとか？」

「ぶつけていないっ！　聞いてくれ、助手！　俺は、ずっとおっぱいを撮りたかったんだ！」

「今までお世話になりました。退部します」

「お願い！　聞いて！　もう少しだけ聞いてくださいお願いします！」

さっさと出ていこうとするたった一人の後輩にすがりつき、彩人は必死に引き留める。

男子の先輩として非常に情けない姿だが、明らかに自業自得だった。

「とりあえず病院に予約をいれたので、一緒に行きましょう」

「だから、そうじゃなくて！　頼むから、聞いてくれ！」

「はあ、わかりました」

あまりにも真剣なので雪希は話を聞いてあげることにした。普通ならダッシュで逃げ出している場面なので、デキすぎた後輩である。気を取り直し、彩人は拳を握りしめて叫ぶ。

「そもそも俺がこの学園へ来た理由は、理想のおっぱいを持つ女の子に出会ったからだ！」

「――」

彩人の言葉を聞いた瞬間、雪希は瞬《まばた》きを忘れた。彩人は胸を張りながら続ける。

「あれは――俺が中三の夏休みの時だった。この学園の近くにあるビーチで女の子に声をかけられてな……振り向いた瞬間、その女の子の胸が爆発したんだ」

その瞬間の光景を、昨日のことのように思い出せる――その女の子のおっぱいだけを。

「女の子の夏制服の前が弾《はじ》け、中からこの世のものとは思えないくらいに美しい理想のおっぱいが現れた」

「……」

「そのおっぱいは、本当に美しかった！　この世界で、一番美しいと思った！　あれこそまさに、俺が追い求める究極の美！　俺はあのおっぱいを芸術として、この手で撮りたい！」

「……」

なぜか雪希がもじもじし始め、落ち着きを無くす。頬も若干赤くなった。

「ただ俺はその瞬間、感激のあまり気を失ってな。ついでに記憶も無くして、覚えているのはその女の子のおっぱいと、その女の子が着ていたのがこの清風学園の夏制服だったことだけなんだ」

彩人のその言葉を聞いた瞬間、雪希の頬から赤みが引いた。もじもじとした様子も消え、代わりに光を無くしたような目で彩人を見つめる。

「……先輩、もしかして」

「ああ！　俺はその女の子のおっぱいを撮るために、この清風学園に入学した！」

清風学園の偏差値は高く、入学試験はかなりの難関。しかし彩人はそのカメラの才能を活《い》かし、一芸入試で清風学園に合格した。

「……ストーカー」

「わかってます！　でも、そういうのじゃないんです！　信じてください！」

事実、ストーカーと呼ばれても仕方がないが、彩人は自分の気持ちを正直に話す。

「俺はその女の子のおかげで、幼い頃に抱いたおっぱい写真という夢を本気で追いかけようと決意できたんだ！」

「……先輩、そんなに昔からおっぱい写真を目指していたんですか？」

「え？　あ、ああ。実は小学生の頃に、美人の先生のおっぱいに顔をうずめてな。その時、おっぱいに目覚めたんだ」

「もしもし、警察ですか？」

「だから通報するなああああああああ！」

生まれた時からカメラと共に過ごしてきた彩人は、将来はカメラマンとなり、自分が最高に美しいと感じる芸術を写真で表現したいと夢見てきた。

そんな彼がおっぱいと出会い――おっぱい写真という夢を持った。

「誰がなんと言おうと、俺が思う究極の美がおっぱいなんだ！　エロい目的じゃなく、真の芸術として俺はおっぱい写真を撮りたいんだ！」

「……先輩、人物写真が苦手って言ってませんでしたか？」

「問題ない！　なぜなら、今回のコンテストで俺の撮った人物写真が入賞したからな！」

あの理想のおっぱいを持つ美少女に出会ってから一年以上。彩人は死に物狂いで人物写真を極め、苦手を克服。十分な実力を身につけ、先日応募したコンテストで見事結果を出した。

「今の俺なら、間違いなく最高のおっぱい写真を撮れる！」

「まさか、そのために人物写真を？」

「ああ！」

「……正気ですか？」

「ああ！　俺は本気だ！」

炎のように熱く燃え盛る彩人だが、雪希は氷のようにどこまでも冷静だ。

「無理やりおっぱいを撮っちゃ駄目ですよ」

「そんなことはしない！　真のエロは正義と共にある！　それが俺の信念だ！」

「……おっぱい写真なんて、そんなものが本当に可能だと思っているんですか？」

「もちろん、常識的に考えて簡単じゃないことはわかってる！　不可能かもしれない！

それでも、挑戦したいんだ！」

彩人の瞳に一切の迷いはない。ただ、無限に燃え盛る情熱の炎が迸《ほとばし》っている。

雪希は空色の瞳で見上げている。低い身長で、そんな彩人の瞳を。

「ふざけている気持ちは微塵《みじん》もない！　だから、このとおりだ！」

がばりと頭を下げ、彩人は後輩の少女に頼み込む。


「俺に、協力してくれ！」


……………………。

男、神崎《かんざき》彩人。一世一代の頼み——なんだけど、あれ？

反応がない。しーん、という効果音まで響いている。

雪希が何も答えてくれないまま、どんどん時間が過ぎていく。

あれ、これやばくね？　と瞬間的に思うも、出した言葉は引っ込められない。

頭を下げている姿勢なので雪希の表情がわからないのが余計に不安を駆り立てる。

なんか変な汗まで出始め、ま、まさか、怒らせてしまったか？　と怖くなり始めた彩人が顔をあげようとすると——

「わかりました。それが先輩のやりたいことなら、協力します」

「——マジかっ？」

まさかのオーケー。信じられず、彩人《あやと》はがばっと顔をあげる。そこには、いつもの無表情な後輩がいた。やがてその顔に、やれやれといった表情が浮かぶ。

「……助手！　ありがとうっ！」

嬉《うれ》しさのあまり、彩人はもう一度頭を下げた。ちょっと待って。自分から頼んでおいてなんだけど、本当にいいのっ？　この後輩、神すぎないっ？

「それで、先輩。どうするんですか？　その理想のおっぱいを持つ女の子を探すんですか？」

呆《あき》れたような様子を見せながらも、雪希《ゆき》は話を進めてくれた。

このまま本当に協力してくれるらしい。

えーと、後輩って慈愛の天使と同義語だっけ？　と思いながら彩人は答える。

「あ、ああ。できればそうしたいんだが……この一年、結局見つけられなかったんだよな」

この学園は広い。おまけに、幼等部から大学までの生徒が存在する。年齢と制服を考慮すると中等部か高等部なのだが、彩人の記憶では学年まではわからない。

中等部と高等部の制服は似通っていて、あやふやな記憶では判断できない。

もし、彩人が中三の時点でその子が高三だったとしたら、この学園の大学に進んでいるか、他の大学に進学していてこの学園にいない可能性がある。

「感激のあまり気絶して記憶を失っちゃったからな〜。せめて、顔を覚えていれば……」

「さっきはスルーしちゃいましたけど、そんなことあるんですか？」

基本無表情な雪希ではあるが、この突拍子もない話には心配そうな表情を浮かべた。

「ああ、マジだ」

感激のあまり気絶して記憶を失う経験。にわかには信じられない話だが彩人に限っては事実だった。感受性が強すぎる故か、あまりにも感激すると気絶して記憶を失ってしまう。

無論、彩人本人も自分の身体《からだ》が心配になり病院で検査を受けた。

『先生……俺は、大丈夫なんでしょうか？』

どきどきしながら検査結果を聞いた中学三年の彩人は、

『おバカな頭以外は、完全に健康だよ』

と医者から言われ、ショックで三日ほど寝込んだ。

「それに理想のおっぱいを持つ女の子を見つけられても……俺の実力じゃ、きっと不十分なんだよな。今の俺は、あのおっぱいの美しさを十分に表現できない」

「……それじゃあ、どうするんですか？」

「ああ。だからそのために、俺はおっぱいを撮る」

彩人は拳を握りしめ、瞳を燃え上がらせる。

「この学園の美少女のおっぱいを撮って撮って撮りまくり、腕を上げる！　そしていつか、あの理想のおっぱいを持つ女の子も見つけ出す！」

カメラの腕を上げるには、実際に撮るのが一番いい。理想のおっぱいを持つ女の子と再会する時のためにも、彩人はおっぱい写真の腕を上げなければならない。

「俺は、最高のおっぱい写真を撮る！」

「……単なるスケベ心では？」

「違うっ！　そう思われてもしかたないけど、本当に違うんだ！」

「でも先輩が撮りたいおっぱいって……どうせ、大きいおっぱいですよね？　小さいおっぱいは撮らないんですか？」

「うっ、いや、それは……」

わずかな付き合いで彩人の好みをばっちり把握している後輩は恐ろしい。

「先輩は、巨乳が好きなんですね」

そういう雪希の胸は、驚くほどまっ平らだ。

すらり、ぺたんこ、そんな単語がよく似合うつつましやかなおっぱい。

雪希がどこか悲し気な雰囲気を漂わせていることから、彩人は阿呆《あほう》な勘違いをした。

「……助手！　小さいからと気にするな！　おっぱいの魅力に大きさは関係ない！　服の上からでもわかる！　助手のおっぱいは、素晴らしいおっぱいだ！」

「……もしもし、弁護士さんですか？　セクハラで訴えたい先輩が一人……」

「ごめんなさい！　今のは俺が完全に悪かったですううううう！」

「もしもし、海上保安庁ですか？　おっぱいの領海侵犯をしている賊を通報――」

「もう許してくださいいいいいいいいい！」

彩人のセクハラにプチ仕返しした雪希は、真面目な顔で質問する。

「普通に考えたら、おっぱいを撮らせてくれる女の子なんていませんよ」

「安心してくれ。それに関しては、アテがある！」

「不安しかありません」

彩人は拳を上げ、雪希を先導する。

「行くぞ、助手！　これから俺は、最高のおっぱい写真を撮る！」

「しかもこれからですか？……はあ。……いえーい、レッツ、おっぱいタ～イム♪」

呆れるというよりは引きつつも、天へ拳を突きあげて決意に燃える先輩の後ろをついていく演技派な後輩。

こうして、おバカな少年の壮大な夢が動き出した。

2枚目 ■ 幼馴染のお嬢様とおっぱいを賭けた一本勝負！

「う〜ん、やっぱり、うまく撮れない」

「でも、前よりも上手になっていると思いますわ、彩人」

夏の盛り。草と土の香りが強く感じられる、見渡す限り一面に咲き誇る向日葵《ひまわり》畑。

自分たちよりも背の高い向日葵に囲まれて、二人の子供が話している。

一人は、男の子。優しそうな雰囲気を持つ少年は、首から下げたカメラの液晶部分を眺めながら首をひねっている。

一人は、女の子。白いふわふわのドレスを纏《まと》うお人形のように可愛《かわい》らしいその子は、残念そうに肩を落とす男の子を一生懸命励ましていた。

「な〜んか、人はうまく撮れないんだよな〜」

今撮ったのは、人形のように可愛らしい女の子。だが、男の子は納得しない。

「聖花《せいか》はもっと可愛いんだけどな〜」

「――」

男の子が発した何気ない一言に、女の子の頬が染まる。

そうして、もじもじと身体を揺らし始めた。

「やっぱり、俺、人を撮る才能ないのかなー」

「っ」

恥じらっていたのもつかの間、男の子の一言に女の子はびっくりしてしまう。

「そんなことありませんわ！　彩人には、カメラの才能がありますわ！」

「風景はけっこううまく撮れるんだけどな～」

「諦めたらダメですわ！」

女の子は、カメラが好きな男の子が好きだった。

そんな彼が、苦手なこととは言え逃げようとしている姿なんて見たくなかった。

「頑張っていれば、いつか必ず上手に撮れますわ。そ、それで……」

そこで、女の子はまた頬を染めて。

「い、いつか……わたくしをもっと綺麗《きれい》に撮ってくださいまし」

告白同然の台詞《せりふ》。言った後で恥ずかしくなり、女の子はさらに赤くなってしまう。

「……聖花。……うん、そうだよな。諦めちゃ駄目だよな」

「……彩人？」

さっきまで落ち込んでいた男の子は、女の子の励ましで笑顔を取り戻した。

「聖花、約束するぜ。俺は必ず人物写真をうまくなって……それで、俺が、聖花を世界で一番可愛く撮ってやる！」

「――」

男の子の言葉に心を撃ち抜かれた女の子は、もうこれ以上ないくらいに顔を赤くした。

それでも、小さな……とても小さな声で返事をする。

「……や、約束ですわよ」

「おう、約束だ！」

よく晴れた夏空の下。

咲き誇る向日葵畑が風に揺れる中、小さな子供たちは約束を交わした。

清風《きよかぜ》学園の校舎は、海に沿って横長に建設されている。

生徒の情操教育に重点が置かれているため、設計段階から校舎のどこからでも海を眺めることができるようにと配慮がなされていた。

その配慮は生徒たちの憩いの場として用意された庭園にも反映されており、食堂と繋《つな》がっているその庭園は人気の学内スポットだ。

一面に敷かれた芝生が見事に手入れされ、中心に置かれた大理石の噴水が清涼感を演出する。高低差をつけて配された鮮やかな植物たちが噴水を囲み、咲き誇るのはチューリップやパンジー、ルピナスにクレマチスなどの花々。

園内には外国製のテーブルと椅子がいくつも用意され、食堂で作られるお茶菓子を楽しみながらくつろぐこともでき、目の前の海からは波音が音楽となって奏でられる。

今日もそんな憩いの空間に誘われて生徒たちが庭園に集まり、ある者はおしゃべりに花を咲かせ、ある者は音楽を聴きながら海を眺めていた。

「うふふ」

庭園に、小鳥の囀《さえず》りのように軽やかで、花の香りのように甘い声が響く。

その声に誘われて視線を向ければ、色鮮やかなラベンダーがそばに咲くテーブルで、見目麗しい三人の少女たちがお茶会を開いていた。

手入れの行き届いた髪と上品に着こなされた学園の制服、紅茶を口に運ぶ所作からも育ちの良さが一目で窺《うかが》える。その微笑《ほほえ》みは、慈愛の天使のよう。

白いテーブルの上に置かれたケーキスタンドにはスイーツやサンドイッチが並び、紅茶の豊かな香りが花の香りと調和する。

放課後のひと時を共に過ごす少女たちが、花のように愛らしい笑みを浮かべ微笑みあう様子は、まさに天使のお茶会と呼ぶにふさわしい。

そしてその中心にいる人物こそ、学園が誇る生粋のお嬢様——清花院《せいかいん》聖花。

清風学園高等部二年。カメラ部所属。彩人の幼馴染《おさななじみ》でクラスメイト。日本を代表する企業である清花院グループ社長のご令嬢。

宝石のように輝く瞳と、鮮やかな桜色の上品な唇。腰元まで揺れるふわふわの髪は光の糸のように透きとおり、制服の上からでもわかる豊満なバストは重力を忘れて存在を主張し、美術品のような美しさを見せている。

その西洋人形のごとく整った美貌に加え、清花院の娘として幼い頃より英才教育を受けてきた聖花は、まさに完全無欠のお嬢様。

成績は常に学園トップを飾り、体育では運動部顔負けの活躍を見せる。分け隔てなく相手を思いやり平等に接するため、学園中の生徒はおろか先生まで虜《とりこ》にする優等生。

美貌、頭脳、身体能力、人格、家柄、プロポーション……完璧な彼女を賞賛し、学園のアフロディーテと称されている。

そんな完璧なお嬢様と庶民である彩人《あやと》は、親同士がこの学園の卒業生で友人であるという接点から幼馴染として育ってきた。

彩人は中学までは公立の学校に通っていたので、彩人がこの清風学園に高等部から入学したことで、二人は初めて同じ学校の同級生になれた。

清花院は代々カメラ好きの家系であり、その血を色濃く受け継いだ聖花は幼い頃から彩人と一緒に様々な写真を撮ってきた。

彩人の頼みで人数合わせのためにカメラ部へ籍を置いているが、普段の彼女は清花院の人間として習い事や将来会社を継ぐための勉強で忙しく、あまり部活に参加できていない。

それでも時間を作ってカメラ部に顔を出してくれることはあるし、自宅の充実した撮影設備を使い、彩人と一緒に撮影を楽しんでくれたりもする。

「ふふ、ご機嫌でいらっしゃいますね。聖花様」

「本当。いつにも増して麗しいです」

美しい庭園で聖花と共に放課後のティータイムを楽しんでいるのは、同じクラスの九《く》条《じょう》爽子《さわこ》と二宮《にのみや》千鶴《づる》。

ショートヘアの爽子は大手通信販売会社会長の孫娘で、セミロングの千鶴は大手電気機器メーカー社長の娘である。同学年ながら聖花を心から敬愛し、慕う女子生徒たちだった。

この庭園は、彼女たちのお気に入りの場所のひとつだ。

時間が空いた放課後はいつもここに集まり、優雅なひと時を過ごしている。

普段から忙しい聖花にとって、気のおけない友人との時間は貴重な癒しであった。

「やはり、彩人様が人物写真で入賞されたからでしょうか？」

「っ。……べ、別にそのことは関係ありませんわ」

聖花の可愛い反応が見たい爽子。からかいを交えた問いに、聖花は動揺を見せた。口に含もうとしていた紅茶をテーブルに戻し、ふわふわの髪を指でくるくるといじる。

「ま、まあ。彩人が努力していたことは知っていましたし、そのことを嬉《うれ》しく思っていないわけではありませんけれど……」

「……ふふ」

「お可愛らしいですわ、聖花様」

爽子が微笑み、千鶴が褒める。聖花が彩人に寄せる気持ちを、爽子と千鶴は知っている。

聖花自身が無自覚であることから余計な手出しはせずに見守る形をとっているが、それでもついつい、可愛い聖花が見たくて悪魔の囁《ささや》きに負けてしまうこともしばしば。

実際、二人の言葉は的を射ている。聖花がとても上機嫌なのは彩人の入賞によるものだ。

「……まあ、彩人は本当によく頑張りましたわ」

恥じらいつつも、聖花は素直に認めた。幼馴染という間柄、彩人のことはよく知っている。彼の才能も、写真への情熱も……そして、彼の挫折も。

人物写真の才能がなかった彩人は、どれだけ努力を重ねても報われることはなかった。

風景写真ではその才能を認められる一方、人物写真での入賞は一度もなし。

「……ふふ」

それだけに今回の入賞は嬉しい。ずっと苦手だった人物写真で、彩人がようやく報われた。心の奥底からじんわりと滲《にじ》み出るような確かな喜びが、聖花の心を心地よく満たす。

正直なところ、自分の写真が入賞した時よりも大きな嬉しさを聖花は味わっていた。


——俺が、聖花を世界で一番可愛く撮ってやる！


ふいに、幼い頃の約束が蘇《よみがえ》る。今回、モデルを務めたのは聖花だ。彩人は聖花を撮り、人物写真で初の入賞を飾った。そう、彼は約束を果たしてくれたのだ。

いつか人物写真が上手になって、一人の女の子を最高に可愛く撮るという約束を——。

「聖花！」

その時、優雅な庭園に少年の声が響き渡った。

見れば、よく見知った——というか、今の今まで話題になっていた少年の姿があった。

「あら、彩人様ではありませんか?」

「まあ、本当に。雪希《ゆき》様もいらっしゃいます」

彩人が清風学園へ入学してすぐに、聖花は爽子と千鶴を紹介した。雪希がカメラ部へ入部すると、嬉しさのあまり彩人は雪希を、今日のようにお茶会をしている聖花、爽子、千鶴に紹介しにいった。そういうわけで、彩人たちはすでに知り合いなのだった。

「……彩人」

聖花は恥ずかしそうに目をそらす。

彩人の話をしている時に本人が現れたことが、少しだけ気恥ずかしいらしい。

「ふふ」

その様子に、爽子と千鶴は微笑んでしまう。

「ごきげんよう、彩人。あなたがここへいらっしゃるなんて珍しいですわね」

「ああ」

ふわふわとしていた心を落ち着かせ、聖花は優雅に迎える。

聖花は基本、素直になれない性格。彩人の前では、しっかりしていると見られたい願望もあってお嬢様然としたふるまいを見せる。

「もしよろしければ、ご一緒にいかが？　すぐにお二人の紅茶も用意させますわ」

「ありがたい申し出だけど……今日は、頼みがあって来た」

「頼み、ですの？」

ただならぬ様子の彩人に、聖花《せいか》は面食らい……そしてその真剣な眼差《まなざ》しに見つめられてそわそわする。聖花は彩人の真剣な瞳に弱かった。

「な、なんですの？　まあ、わたくしにできることでしたら、どんなことでもしてさしあげますが」

「本当かっ？」

「――」

快く協力を申し出てくれる聖花に、彩人は思わず食い気味に身を乗り出してしまう。

急に距離が縮まって予期せぬ接近に心臓が跳ねる聖花。またも、頬の赤みが増す。

「……え、ええ。本当ですから、そんなに顔を近づけないでくださいませ」

（彩人がこんな真剣な瞳をするのは、写真を撮る時だけ。……もしかして、彩人はあの時の約束をまた……）

幼い頃の約束を果たすため、彩人がまた自分を撮ってくれるのではないか？　そう思った聖花の心臓が、とくん、とくん、と鼓動し、彩人から逃げるように聖花は視線をそらす。

「あ、ああ。すまん」

急に顔を近づけたことを詫《わ》びてから彩人は深呼吸をして、緊張を身体《からだ》から吐き出す。

そして腹の底に力を込め、騎士が姫にそうするように聖花へ右手を差し出しながら、彩人は全身全霊で願いを口にした。

「俺に、お前のおっぱいを撮らせてくれ！」

…………………。聖花はもとより、爽子と千鶴の時間も止まった。

「……は？」

美しい花々が咲き誇る学園の庭園。

聖花たちの動きが止まる中、海から吹く潮風に花だけが揺れている。

「今、なんて……——っ」

そして、自分が何を言われたのか、言語処理がつつがなく終了し理解した聖花は、その美しい顔をさあっと赤く染め、怒気をあらわにする。

「……あ、あ——あなたはまだそんなこと言ってますのおおおおおおおお！」

立ち上がり、優雅さを忘れたように叫ぶ聖花。普段は絶対に見られないその様子に、爽子と千鶴はびっくりしてしまう。しかし、聖花のリアクションも無理はない。

実は、今の台詞《せりふ》を言われたのは初めてではないのだ。

——一番初めの記憶は、まだ幼い頃。

彩人と聖花があの約束を交わしてからずっと後の出来事。

聖花の家の庭で一緒に遊んでいる時、小学生の彩人は今と同じ台詞を言った。

幼い彩人は、先生のおっぱいに顔をうずめておっぱいの素晴らしさを知ったとわけのわからないことを言い始め、聖花にとっては恐怖の思い出である。

聖花は怒り、彩人が謝るということが繰り返され、やがて、彩人はおっぱいを撮りたいなどと言わなくなったが……まさか、まだそんなことを考えていたなんて！

「中学に上がってからは一度も『おっぱい』などと口にしなくなっていましたから、ようやくわかってくれたと思っていましたのに！」

「いや、聖花。俺はおっぱいのことを片時も忘れたことはなかった。ただ、気軽にお願いできることじゃなかったし、聖花を困らせたくなかったんだ」

「普通にトラウマですわ！」

「俺自身も実力不足であることはわかっていたからな。……ちゃんとおっぱいを美しく撮れるように、修行に励んでいたんだ」

「何の修行ですのっ？……まさかとは思いますけど、あなたが苦手だった人物写真を克服し、今回の賞を取ったのは？」

「ああ、全てはおっぱいを撮るためだ」

「変態ですわー！」

ガーン！　彩人の成長を誰よりも喜んでいた聖花。あの時の約束を果たしてくれたと喜んでいた聖花は、ショックのあまり泣きそうになる。うぬぼれかもしれないけれど、彩人が人物写真を頑張ってくれているのはあの日の約束があるからだと思っていた。

なのに、本当にうぬぼれだった！　彼の頭の中にはおっぱいしかなかった！

「あの、先輩」

「っ、お、おう。なんだ、助手？」

聖花と真剣な話し合いをしているところで背中をちょんちょんとつつかれ、彩人は驚く。

「……わたし、ちょっとびっくりしてます」

「？　何にだ？」

「先輩が聖花さんのおっぱいを撮りたがっているのはまあしょうがないとして……でもまさか、あんな頼み方をするとは思いませんでした」

「え、どこかおかしかったか？」

「……」

「その目はやめてくれ！　『この先輩、もう手遅れかもしれない』みたいな、人を心の底から見限ったような目は！」

雪希と聖花、爽子と千鶴の様子にかまわず、彩人は拳を握りしめて叫ぶ。

「俺は、聖花と聖花のおっぱいに敬意を表し、心の底から真剣にお願いする立場にある！なら、男らしく正々堂々真正面から頼むのが礼儀ってものだろう！」

「聖花様、しっかりしてください！」

「聖花様！」

「……ふふ、大丈夫、大丈夫ですわ」

ショックのあまり放心状態になっていた聖花を爽子と千鶴が元に戻す。

「彩人《あやと》様、冷静になってくださいっ」

「ぶしつけにそのようなお願いを女性にするのは、破廉恥ですわ！」

そして、聖花様親衛隊である爽子と千鶴は、当然聖花を擁護する。

完全にアウエーと化したこの場において、しかし彩人に一切のゆらぎはない。

「……破廉恥か。たしかに、そう思われても仕方がないのかもしれない。……でも、これだけは信じて欲しい。俺は単なるスケベ心でおっぱいを撮りたいんじゃない」

「何言ってますの！」

復活した聖花は、すかさず彩人にツッコミを入れる。何をどう言おうと男子高校生の彩人が撮りたがっているのは、おっぱい。そこにスケベ心がないはずがない。

「聖花の言いたいことは、わかる。だが、俺も覚悟を決めてここまで来た」

「っ」

「スケベ心も、美への尊敬も含めた上で……聖花。俺はどうしても、お前のおっぱいが撮りたい！」

聖花は、美しい。容姿だけではなく、その内面も含めて。幼馴染《おさななじみ》である彩人が誰よりもそのことを知っている。だからこそ、彩人は一番初めに聖花のおっぱいを撮りに来た。

聖花という少女の有する美への尊敬と感謝を込めて。

その美しさを、この世界で芸術として表現するために。

「「「「――」」」」

覚悟。その二文字が、誰の心にも浮かんだ。彼は、ふざけているわけではない。その言葉に偽りなく、ただのスケベ心ではないと誰の目にもわかった。

「……で、ですが」

彩人の気迫にしばし言葉を失っていた聖花だったが、やがて静かに口を開く。

熱意はわかったけれど、それでも常識的に考えれば彩人の言葉は通用しない。

「高校生がおっぱい写真を撮るなど、風紀的に認められませんわ！」

「おっぱいを撮る！　それが俺の青春だ！」

「っ。……もし撮るにしても、もっと大人になってから……も、もしくは、恋人ができた時にお願いすればいいじゃありませんの！」

そこでなぜか聖花の頰がわずかに染まり、彩人から逃げるように瞳をそらす。

「ま、まあ、どこのどなたがあなたの恋人になるのか存じませんけれど……本当に愛があるのなら、そのお願いを聞いてくださるかもしれませんわよ？」

どこか頼りない声音で、まるで自分のことのように言う聖花。

そんな彼女の胸中を知るのは、この場にいる爽子《さわこ》と千鶴《ちづる》の二人だけである。

「……聖花。俺は芸術のために、最高のおっぱい写真を撮りたいと思っている。だから、一人のおっぱいを撮るだけでは、駄目なんだ」

「っ。……あ、彩人？　あなた、まさか――」

「ああ。俺は、この学園に存在するおっぱい……いや、この世界中に存在するおっぱいを撮りたい！　最高のおっぱい写真――それが、俺の夢だ！」

――。空気が吹き飛んだ。予想をはるかに超えた夢を語る彩人に、誰もが驚愕《きょうがく》した。

「だから、頼む」

そんな空気に構わず、彩人はもう一度手を差し伸べた。


「聖花――俺に、お前のおっぱいを撮らせてくれ！」


男の決意を込めた、全力の懇願。

その瞳に迷いは一切なく、純粋な芸術への渇望が見て取れた。

「……あなたは本当に、何を言っていますの」

ふらりと倒れそうになる聖花は、白いテーブルに手をつくことで身体を支えた。

「……はあ」

そうして、ため息をひとつ。呆《あき》れを通り越して逆に力が抜けてしまった聖花はややあって顔をあげ、右手でふわりと髪をかきあげた。

「……わかりましたわ」

「――え？」

「せ、聖花様っ？」

さらなる驚きに目を見張る爽子と千鶴の前で、聖花は自分の豊満な胸に右手を添えて目じりに涙を浮かべ、頬を染めながら叫んだ。

「わたくしのおっぱいを、撮らせてさしあげますわ！」


「「ええ――――――――――――っ！！！」」

爽子と千鶴の悲鳴が庭園に木霊する。

「ただし、ひとつだけ条件があります！」

しかし、そこで聖花は釘《くぎ》を刺す。ぴしりと形のよい指を彩人へ向け、宣戦布告する。

「彩人、わたくしと写真勝負をしなさい！」

写真勝負――その言葉は、彩人と聖花にとってはなじみ深いもの。

子供の頃は遊びで、そして成長してからは何かで意見が分かれた時に行われてきた勝負。

「わたくしのおっぱいは、撮らせてさしあげます！　ですが、そのおっぱい写真とやらがわたくしの撮った写真よりも芸術性がなければ、二度とおっぱい写真などと口にしてはいけませんわ！」

つまり勝負に負けたら、おっぱい写真を諦めろということ。それは彩人にとっては死刑宣告に等しい。この世界に生まれた意味として実感した夢、それが否定されるということ。

「——ああ、わかった。その条件で勝負だ、聖花《せいか》！」

だが、ここで引くわけにはいかない。そもそも、おっぱいを撮らせてくれなどという無茶な願い。それを通す以上、相応の覚悟を決めなければならない。

男に二言はない。もしこの勝負で負けたら、おっぱい写真を永遠にやめる覚悟を決めた。

「勝負のテーマは、人物写真！　わたくしとあなたが交互に写真を撮りあい、よりよい写真を撮った方の勝ちですわ！」

人物写真。苦手を克服したとは言え、相手は聖花。到底油断できる内容ではない。

「撮り直しはなし！　一回だけの真剣勝負ですわ！」

チャンスは、一度きり——彩人は聖花の並々ならぬ本気を感じ、冷や汗をかく。

「わかった。それでいいぜ」

それでも、彩人は頷《うなず》く。全ての条件を呑《の》んだ上で勝たなければ、聖花を納得させることはできないとわかっているからだ。

「では、そのように。勝敗は、爽子さんと千鶴さんにわたくしたちの撮った写真を評価していただき、決めますわ」

聖花の言葉に、爽子と千鶴は頷いた。

二人は聖花の味方であるが、勝負においてひいきをするような性格ではない。話が決まると、聖花は学生鞄《かばん》から愛用のデジタル一眼レフカメラを取り出す。カメラ好きの聖花はいつ訪れるかわからないシャッターチャンスを逃さないため、常に持ち歩いているのだった。

「では、彩人。先攻後攻を決めましょう」

「おう」

二人は神妙な面持ちで顔を見合わせ、

「「さいしょは、ぐー！　じゃんけん、ぽん！――やりましたわ！」くそー！」

仲良くじゃんけんで先攻後攻を決めた。自分のおっぱいがかかっている場面でのその様子に、爽子と千鶴は「やっぱり、お二人は仲がいい」と改めて思った。

「彩人。まずは、わたくしの被写体として相応《ふさわ》しい格好に着替えていただきましょう」

先攻後攻を決めてすぐ、聖花がなにやらそんなことを言い出した。

すぐに彩人は焦りの表情を浮かべる。

「っ。聖花、ここは学校だぞ！　まさか――」

動揺する彩人に向け、聖花は不敵に微笑《ほほえ》む。

「そのまさかですわ――千鶴さん」

「は、はい。聖花様っ」

指名された千鶴は驚いた様子を見せるが、話の流れで自分の役割を予想していた。

「被服部であるあなたの力を貸していただけますか？」

「――はい！　喜んでっ！」

千鶴は、被服部所属である。この学園の被服部のレベルは高く、男性向け、女性向け、年齢を問わずあらゆる種類の衣服を作製し保管している。

「それでは、彩人に似合いそうな服を何着かお願いいたしますわ」

「はい。ただいま、持ってきます！　少々、お待ちくださぃ！」

千鶴は嬉々《きき》とした様子で、被服部の部室へ向けてダッシュした。

「……マジかよ」

聖花は彩人を写真に撮る時、色々な衣装に着替えさせる癖があった。

そのことを知ってはいたが、まさか学校でまで着替えを要求されるとは……。

「……あの、先輩」

「あ、おう。助手。どうした？」

とりあえず彩人を見守っていた雪希《ゆき》は、何気なく聞いた。

「帰っていいですか？」

「お願いします！　いてください！　あなただけが心の支えなんです！」

堂々と聖花におっぱい写真をお願いしているように見えたが、その実、雪希がいたからこそ強く言えていた彩人だった。

「聖花様、お待たせいたしました！　部員の方々にも応援に来ていただきました！」

「どうもー、被服部で〜す」

「面白そうなんで着ちゃいました〜。あ、間違えた、来ちゃいました〜♪」

数名の被服部の女子部員まで来てしまい、一気に場の空気が騒がしくなってしまう。

きゃいきゃいはしゃぎながら弾むような足取りでこちらへ向かってくる被服部。

千鶴から事情を聴いているのだろうが、見るからにノリノリだ。

さすがは被服部といったところか。誰かを着せ替えできることに喜びを見出《みいだ》している。

「ま、待ってくれ、聖花！　別に着替えなくてもいいだろ！」

「駄目ですわ。どうしてもいやと言うのなら、勝負はなしにしておっぱいも撮らせませんけれど……」

「卑怯《ひきょう》な！」

おっぱいを盾にとられ憤る彩人だったが、「……どの口が言うんですか、彩人様」と爽子に呆れられていた。

しかし、彩人もそう不真面目なわけではない。幼馴染である聖花とは時折互いに撮りあうことはあったし、人物写真克服のために聖花には何度もモデルになってもらった。

実は、黙って聖花のおっぱい写真を撮る機会は何度もあったが、それは不誠実であると彩人はチャンスを自ら逃し続けてきた。

おっぱい写真を撮るなら、正直に話し許可を得てから。彩人はそう決めていた。

「さてどうしましょう、みなさん？」

「そうですねー。実はわたくし、前々から殿方に着て欲しかった衣装がありますの」

「あら、いいですわね。彩人様にとてもよく似合いそうです」

いつの間にか聖花を筆頭に、爽子、千鶴、そして被服部の女子生徒たちに囲まれ、全方向からこの服はどうか、こっちの方がいいなどとコーディネートが始まってしまった。

正直、めちゃくちゃ恥ずかしい。聖花はもちろんのこと、爽子や千鶴、被服部の女子部員まで可愛《かわい》い子ばかりなのが余計に拍車をかける。

周りを美少女に囲まれ、服を身体《からだ》にあてがわれ、時折、美少女たちの指が自分の身体のそこかしこに触れる。——なんだ、これっ？　と彩人《あやと》の頭の中は爆発した。

「すみません、ちょっとこのカメラ預かりますね」

衣装選びの邪魔になったのか、被服部の一人が彩人のカメラを首から外した。

「っ！　やめろー！　俺はカメラを離すと弱体化するんだっ！　助手、助けてくれ！」

容赦なく奪われたカメラに手を伸ばしながら、彩人は必死に助けを求める。四六時中肌身離さずカメラを身に着けている彩人は、カメラを手放すと本当に弱体化するのだった。

「聖花さん、どうせなら髪型も変えてはどうでしょう？」

「あら、いいですわね」

「裏切者おおおお！」

しかし、ちゃっかりと彩人のコーデに参加している後輩に、彩人は涙と共に叫んだ。

たまたまその場を通りかかった男子生徒たちが、「あれ、彩人じゃね？」「なんだ、あの状況は……うらやましすぎるだろ」と羨望の眼差《まなざ》しを向けていた。

それから数分後。校舎で着替えを終えた彩人が、聖花たちの前に再び姿を現した。

「——」

「……先輩」

現れた彩人に聖花は言葉を失い、雪希は呆然《ぼうぜん》となる。彩人が纏《まと》っているのは男性用の礼服であるタキシード。いつもは下ろしている前髪をオールバックにし、軽く化粧までされていた。先程までの学生服とは違う非日常な姿に、周りの空気も変わる。

「〜〜」

見れば見るほどカッコいい。知らず知らず、かああと聖花の頬は紅潮し、身体は緊張で強張《こわば》って動かなくなる。とくんとくんと心臓が強く鼓動を始め、直視できなくて目をそらす。

それでも、気になって気になってちらちら横目で見てしまう。

爽子《さわこ》や千鶴《ちづる》、被服部の面々も絶賛している。「……カメラ……カメラ」と呟《つぶや》きながら糸の切れた人形のような動きを見せている彩人に、千鶴は手鏡を渡した。

「——こ、これが、俺……？」

覇気のなかった彩人の顔に、少しだけ生気が戻る。

まるで別人のようなイケメンぶり。これまでファッションにあまり気を遣ってこなかった彩人は、変貌した自分の姿に落ち着かなさと恥ずかしさを覚える。

そして、周りからの望外の賞賛に心がくすぐられるような心地になった。

「〜〜」

自分でもカッコいいと思ってしまうような仕上がりに、無性に落ち着かなくなる。

「な、なあ、助手。俺、変じゃないかな？」

「……」

「？　助手？」

弱々しい声で、助けを求めるように雪希に声をかけるも、なぜか反応がない。

「……あれ、先輩が消えた？　おーい、せんぱーい」

「俺だよ！　俺が先輩だよ！」

あろうことか彩人を捜し始めた雪希は、彩人の声にびくっとなる。

「っ！……あ、あの、初めまして」

「だから、俺だよ！　まるで別人てか！　逆に傷つくわ！」

雪希は顔を背け、それ以上何も言わない。やっぱり変なのかと不安になり始める彩人。

だが、この状況は写真を撮られなければ終わらないので、救いを求めて聖花に声をかけた。

「もういい！　聖花！　早く撮るなら撮ってくれ！」

耐えられないとばかりに、彩人は聖花に懇願する。もうさっさと撮られて着替えたい。ていうか、早くカメラを返して欲しい。だが、なぜか聖花まで彩人から顔を背けている。

「……聖花？」

ぷい。

「……聖花さん？」

ぷい。

「何で顔そらすのっ？」

聖花にまでこんな態度をとられ、ショックを受ける彩人だったが、聖花の顔は赤い。

「……カッコよくしすぎましたわ」

誰にも聞こえないように手で口元を隠しながら聖花はぽつりと呟く。

予想外にカッコよくなりすぎた彩人に、聖花の心は激しく揺れ動いていた。

このままでは撮影に集中できず、自分に不利に働いていることに気づいたが……

「……そうでしたわ。わたくしは、彩人を正しい道へ導くのです！」

自分の使命を思い出し、心を鼓舞。そして、すかさずカメラを構えた。

ばっ！……と思ったが、駄目だった。

まともに彩人を見たら、正気じゃいられなかった。聖花は勢いよく顔をそらした。

「聖花、さっきからどうしたっ！」

「ちょっと、待ってくださいませ！　心の準備をさせてくださいませ！」

「何の心の準備っ？」

それから数分後、ようやく落ち着いた聖花による撮影が始まった。

放課後の学園には斜陽が差しており、水平線の向こうで徐々に太陽が沈み始めていた。

「行きますわよ、彩人」

「おう」

気持ちを落ち着けてカメラを構えれば、心は静かに澄んでいく。

ファインダーの中に彩人をとらえ、聖花《せいか》はどんな風に彩人を撮りたいか自問する。

（……やっぱり、カッコいいですわ）

夕暮れの中で佇《たたず》むタキシード姿の彩人。やはり目をそらしたくなるくらいにカッコいいその魅力を、聖花は心から撮りたくなった。

顔を真っ赤にしてこの場から逃げ出したいくらいに恥ずかしいけれど……そんな自分の心をありのままにさらけ出し、写真の中で表現したいという欲求が生まれる。

（……そう、彩人はカッコいいのですわ）

そのために聖花は夕暮れの斜光を利用して、あえて被写体である彩人に陰影を作ることで立体感を出すことに決めた。

そうすることで、彩人のカッコよさをさらに増すことができる。聖花は彩人に立ち位置の変更をお願いし、彩人はそれに従って移動した。真横から茜色《あかねいろ》の光を浴びる彩人を見ながら、背景となる庭園の花や草木も意識し、構図を決め終わる。

（……あとは、シャッターを切るだけですわね）

身体が熱くなる。この気持ちを写真の中で表現すれば、自分がどれだけ今の彩人に惹《ひ》かれているか、見る人に伝わってしまうだろう。

それはまるで、裸を見られているような羞恥心。普段の撮影ではこんなことはない。つまり今この瞬間、それだけ自分は彩人に心を奪われているということなのだろう。

それでも聖花は自分の気持ちをあますところなく表現することを決め——自分の気持ち

の全てをのせて、シャッターを切った。

——カシャ。シャッター音が鳴り響いた瞬間、聖花は今まで感じたことのない手応えを得た。思えば、自分の心をありのまま写真に写し出したのは、これが初めてかもしれない。

しばしその余韻に浸った後、振り向いて声をかける。

「それでは、爽子さん、千鶴さん。この写真を共有しますから、見ていただけますか？」

カメラには、任意の端末と画像を共有する機能がついている。

その機能を利用して、爽子と千鶴のスマホと接続する。

「——まあ！」

「素敵ですわ！」

聖花の撮った写真を見た瞬間、爽子と千鶴が感嘆の声をあげる。

その声につられるように、彩人と雪希もスマホに共有された画像を見る。

「——」

彩人は息を呑《の》む。陰影が施された立体感のある写真、夕暮れに染まる庭園で佇む彩人は別人のようにカッコよく写っていた。

「……すげえ」

この写真、おそらく今まで聖花が撮った中でも五指に入るだろう。

まさか、この場面でここまでの写真を撮るなんて……。

聖花の底力を感じた彩人は、そこで初めて焦りを覚えた。

「彩人」

「っ」

「次は、あなたの番ですわよ」

なぜか、どこか恥ずかしそうな聖花に促され、彩人ははっとなる。

「あ、ああ」

「では、わたくしはどうすればいいのです？」

おっぱいを撮られるとあって、聖花には恥じらいと緊張が見られる。

「えと、そうだな。……じゃあ、その場所で手を後ろで組んで少しだけ胸を張る感じで」

「こ、こうですの？」

わずかに胸を張っただけで、制服を押し上げるようにおっぱいが強調される。

恥ずかしさで、聖花の頬にさらに赤みが増す。

「彩人様、カメラです」

被服部が預かっていた彩人のカメラを千鶴が渡す。

「あ、ああ。ありがとう」

彩人はお礼を言って、カメラを受け取る。なじみ深い重みと手触りに、心が喜ぶ。タキシード姿の彩人は、カメラを首からかけた。

本来なら、「よっしゃあああ！　カメラああああ！」と全身にみなぎる活力のままに拳を天に突き上げて復活するところだが……彩人の顔色は優れない。

……どくん、……どくん。彩人の心臓が、うるさいくらいに鼓動する。

そしてそれは、おっぱい写真を撮れることへの喜びからではなかった。

「……」

先程の聖花の写真は、本当に素晴らしいものだった。

故に、心臓が跳ねる。どくん――勝てるのか？

ここに来て、恐怖と不安が彩人を襲う。その理由はもちろん、この勝負で負ければおっぱい写真を諦めなければならないことへのプレッシャーだった。

たぶん勝負に負けても、「やっぱり、おっぱい写真を撮りたい！」と泣きつけば、優しい聖花は許してくれるだろう。――だが、そんなことはできない。

彩人はおっぱいに敬意と感謝を抱いている。先程の聖花との約束にも、本気の覚悟を捧《ささ》げた。だからその約束を簡単に反故《ほご》にすれば、おっぱいへの裏切りとなってしまう。

そんな自分に、自分の求めるおっぱい写真を撮ることなんて、できるはずがない。

だから彩人は、負ければ約束どおり、おっぱい写真を諦める覚悟を持っている。

だから彩人は、必ず勝つ覚悟も決めている。

……しかしその上で、聖花の写真は素晴らしすぎた。彩人の覚悟が恐怖で塗りつぶされ、自分が負けてしまう未来を強くイメージさせてしまうほどに。

どくん――もし負ければ、おっぱい写真を諦めなければならない。

どくん――撮れない？　撮れないのか？　一生、自分の撮りたいものを？

どくん――この勝負に負ければ――そうなる。

「彩人《あやと》？」

彩人の異変に聖花も気づく。焦点は定まらず、カメラを持つ指は震えている。いつもの彼が持つ、被写体に夢中になっている瞳の輝きが消えていた。

身体《からだ》から放たれる不安と緊張、焦り。思考は勝負の結果にのみ割かれ、目の前の被写体への意識が散漫になり続ける。喉が渇く、息を吸うのもつらい。身体が硬い。頭が……動かない。――その姿はどう見ても、うまい写真が撮れないことが明白な状態。

だが彩人は、そのことに気づいていない。自分が何を撮ろうとしているのか、なぜ撮ろうとしているのかもわからないまま震える指でシャッターボタンを――

「先輩」

――不安に染まり切った彩人の心に、可愛《かわい》らしい声が落ちた。

「……助手」

一瞬、時間が止まったような感覚を覚えた。身体から力が抜けた彩人は隣を見る。

そこには、いつもと変わらない無表情の後輩。夕暮れに染まる小さな身体。潮風に揺れる、銀色の髪とアクセリボン。雪希《ゆき》は微笑《ほほえ》みながら、優しい声で言う。

「大丈夫ですよ、変態――あ、間違えました。先輩」

「え、ここで間違うの？」

素で間違えた雪希は謝ってから、仕切りなおす。

「大丈夫ですよ、先輩。先輩なら、きっと勝てます」

「……それは」

そうとは言い切れない。その不安が、彩人を押しつぶす。

「それに、いいんですか先輩」

「……何がだ？」

「おっぱい写真を撮れるのに、そんな顔をしていて？」

「――」

その言葉は彩人の心に落ちると同時に、一瞬で広がる。不安を消し去り、真っ暗な心が希望の色に変わっていく。そうして、一番大切なことを思い出した。

「……ああ、そのとおりだな」

さっきまでの不安が嘘《うそ》のように、彩人は笑みを浮かべる。

ああ、そうだ。そのとおりだ。そのために、俺はここまで頑張ってきた。

小学校の頃からおっぱいを撮りたいと願い、しかし叶《かな》わず、人物写真が苦手だった。

そうしてあの日、理想のおっぱいを持つ少女に出会い、最高のおっぱい写真を撮るためだけに研鑽《けんさん》を積んできた。そして、今、おっぱいを撮ることができる。

今この瞬間――その幸せ以外に、何がいる？

「ありがとな、助手。目が覚めたぜ」

「はい、頑張ってください」

いつもと同じ、燃え盛るような熱い瞳。それを見た雪希は、安心したように微笑んだ。

「聖花」

「は、はい」

突然、男らしい声で名前を呼ばれ、聖花は震える。

「撮るぜ――お前のおっぱいを」

「――」

変態的な台詞《せりふ》のはずが、なぜか聖花の心は高揚してしまう。身体が熱くなり、わずかに震える。先程まで感じていたものとはまた異なる緊張が広がっていく。

彩人は再び、ファインダーの中に美しい聖花を収めた。そう、助手の言うとおりだ。勝負の結果なんて関係ない。もし勝負に負けて永遠におっぱい写真が撮れなくなっても、それはそれ。それよりも今、おっぱいを撮れるこの瞬間に自分の全てを燃やし尽くす。

それが――俺、神崎《かんざき》彩人だ！

「……」

彩人は、考える。ここは夕暮れの庭園という、お嬢様の聖花にふさわしい舞台だ。どうせなら、夕暮れの光や庭園の花を活用し、幻想的な聖花の写真を撮りたい。

そうして、聖花と聖花のおっぱいの美しさを最高の形で表現する！

そう思った瞬間、頭の中に浮かんだイメージの美しさに彩人は身震いした。

「……」

正直なことを言えば、彩人にはおっぱい写真の明確な定義が存在しない。

今まで一度も撮ったことがなく、経験は頭の中でのシミュレーションのみ。

やはり実際に何度も撮って感覚を摑《つか》むまでは、明確な定義づけができない。

が、イメージはある。写真に写る少女の美しさを十二分に発揮させた上で、おっぱいの美しさもしっかりと表現する写真。

おっぱいと、その持ち主である少女の、双方の美しさを調和させた上で感動を呼ぶ写真。

彩人にとって、シャッターを切るという行為は被写体への賞賛と感謝だ。

つまりおっぱい写真とは、おっぱいと、そのおっぱいを有する女性への賞賛と感謝。

それが、彩人にとってのおっぱい写真。

写真に正解はない。

蓄積された技術はあれど、最高の写真の定義とそれを撮る方法は無限。

「……」

――やっぱり、聖花は美しい。

どうすれば聖花とおっぱいを最高に美しく撮れるか――そんな風に思考を巡らせていた彩人は、ふと、ファインダーの中の聖花に心を奪われる。ふわふわの髪、高貴な顔立ち、最高のおっぱい。華奢《きゃしゃ》ですらりとした身体は、とても女性的だ。

花。

その名のとおり、聖花《せいか》は美しく咲く一輪の花だ。時折、聖花を見ていると光が見える時がある。それはまるで、天国の花畑に咲く虹色の神秘的な花のような輝き。

ふとした瞬間、聖花のその美しい光に心奪われたのは一度や二度ではない。

そして、おっぱい。

大きく、形がよく、重力に負けずに存在するそのおっぱいは、高貴さを体現している。

なぜ、聖花のおっぱいはこんなにも美しいのだろう？

清花院《せいかいん》の人間として、才能に驕《おご》らずたゆまぬ努力と研鑽で磨き上げてきた内面の美しさがこれでもかと表現されている。本当は怖がりで甘えたがりな聖花はしかし、己を信じ、どんな状況でも毅然《きぜん》として立つ強さがある。

聖花の美しさは容姿だけではない。彼女の内面の輝きが肉体を構成する細胞のひとつひとつにまで浸透し、その意味を顕現させている。その美しさを、この手で表現したい。

「……やっぱり、聖花は美しいな」

ぽつりと漏れる言葉は、本音。意識せず、ただ想《おも》いが溢《あふ》れて零《こぼ》れ落ちた音。

「――愛しているぜ、聖花」

「っ」

――パシャ。万感の想いを込めて、シャッターが切られる。

人差し指に込められたのは、これまでの想いの全てと、聖花への賞賛と感謝。

彩人の「愛している」は、素晴らしい被写体に出会った時に無意識に漏れるもの。それがわかっていても、聖花の顔は真っ赤になり、その場にいることが耐えられなくなった。

「じゃあ、俺の写真を見てくれ」

そうして、彩人の撮った写真をみんなで見た。


淡く輝く夕暮れの光の中で佇《たたず》む少女は、春の庭園に咲き誇る花たちにも引けをとらない、たったひとつの可憐《かれん》な花。


もともと容姿に優れ、日々の健康的な生活によって抜群のプロポーションを誇る聖花。

そんな少女が夕暮れに染まる庭園に佇む姿はそれだけで絵になり、聖花の美しさと花々の美しさが手をとりあうように調和し合っている。

茜色《あかねいろ》の光が聖花を包む様はどこか幻想的な雰囲気を生み、ともすればそのまま消えてしまいそうな儚《はかな》さを表現していた。見る者の心に訴えかける寂寥《せきりょうかん》感と幻想性。どこか寂しさを、儚さを、けれど、確かな美しさを芯として表現されるひとつの世界。

「聖花様……お美しい」

「……綺麗《きれい》」

ため息が漏れるような仕上がりに、爽子《さわこ》と千鶴《ちづる》が順番に写真の中の聖花を讃《たた》える。

聖花のおっぱい。

写真の中で確かな存在感を主張するおっぱいは——美しい。聖花だけではなく、そこに存在するおっぱいがひとつの確かな存在として、美として見事に表現されている。

違和感などない。むしろそこになければならない究極の構成要素であり、主役。

こんな写真を、爽子と千鶴は初めて見た。おっぱいを撮りたいなどと、ただのいやらしい目的かと誤解していた二人は、予想をはるかに超える芸術の表現に言葉を失っていた。

「……」

聖花にも、それは伝わっていた。写真の中の自分が、まるでもう一人の自分であるかのような錯覚に陥り、素直にその美しさを受け止めることができる。

そう、写真の中の自分と、そして、おっぱいが美しい。

おっぱいに感動している自分を、聖花は戸惑いつつも受け入れる。

「……さすがは、彩人ですわね」

幼い頃から一緒だった男の子。

同じように写真が好きで、楽しい思い出をたくさん作ってきた。そして、彼は誰よりもカメラに熱意を捧げ、自分の予想をはるかに超える素晴らしい写真を生み出し続けてきた。

おっぱいを撮りたいなどと言い出した時はただのスケベ心かと思ったが、そうじゃない。

芸術、これはまさに、芸術だ。——聖花は、そのことを認めた。

「……まさかこんな風に、約束を守ってもらえるなんて思っていませんでしたわ」

——俺が、聖花を世界で一番可愛く撮ってやる！

彼はもう一度、とんでもない方法で約束を守ってくれた。

「わたくしの負けですわね」

自然とそんな言葉が零れ落ちる。聖花の言葉に、異論を唱える者はいなかった。

「……聖花。――ありがとう」

「っ。あ、彩人」

彩人は、みんなの前で頭を下げた。

「こんなに素晴らしい写真が撮れたのは、聖花のおかげだ。本当に、ありがとう」

「彩人。まさか、泣いていますの？」

聖花の言葉どおり、彩人は本気で涙を流していた。

「……っ」

止めようと思っても、止まらない。心の芯から湧き上がる感謝と喜び、そして形容できない衝動は彩人の心を駆け上がり、涙となって次から次へと零れ落ちる。

これまでの努力が報われた……それだけでは説明のつかない無限の感動が止まらない。

自分でも戸惑うような気持ちに、彩人はひとつの解を見出《みいだ》す。

ただ、おっぱいを撮れたことが嬉《うれ》しい。

「……くっ、ぅ」

なんで、おっぱいを撮りたいのか？　なんで、こんなにも嬉しいのか？

実のところ、彩人《あやと》自身にもわからない。それでも自分はおっぱいの美しさに心を奪われ、その美を写真で表現したいという激しい願望を持っている。ただひとつ確かなのは、おっぱいを撮れたことで自分は今までにない感動を味わっているということ。

（そうか……やっぱり、俺が一番撮りたいものはおっぱいなんだ）

ただ、好きだから。理由はわからないけど、好きだから。嬉しくて、彩人は涙を零す。ようやく、ようやくだ。ようやく――おっぱい写真を、撮れた。ずっと叶わなかった夢が、今、叶った。――これが夢の第一歩。

「……まったく、あなたという人は」

聖花はハンカチーフを取り出し、彩人の涙を拭う。しかしすぐにそっぽを向いた。

「……で、ですが、わたくし、あなたのおっぱい写真を認めたわけではありません」

「――え。そ、そうなのかっ」

「当たり前ですわ。おっぱい写真など、学生の活動として相応《ふさわ》しくありません！　おっぱいを撮らせるのは、これっきりですわ！　というか、今回の勝負で撮ったのですからもう十分でしょう！」

聖花はそう言うと、腕を組んでぷいとそっぽを向く。組まれた腕に挟まれて聖花のおっぱいが盛り上がっていた。

「それでは、これで失礼いたしますわ。行きましょう、爽子さん、千鶴さん」

そうして爽子と千鶴と共にその場を後にする――と思いきや、聖花は立ち止まり、振り向かないままぽつりと言った。

「……迎えの車を用意しますから、明日のお祝いには来てくださいましね」

こんなことになったのに、聖花はまだ彩人のお祝いをしてくれるらしい。

本当に優しいお嬢様である。

「……おう、必ず行くよ」

彩人の返事を聞いた聖花は微笑《ほほえ》んで、今度こそ爽子と千鶴と共にその場を後にした。


「聖花様」

少し離れたところで、爽子と千鶴は聖花を心配して声をかけた。

すぐに返事ができなかった聖花は、やがて立ち止まりぽつりと話し始める。

「……彩人は、素晴らしいんですのよ」

爽子と千鶴は頷《うなず》きあって、静かに耳を傾ける。

「カメラへの熱意は誰よりも持っていますし、わたくしには思いつかない発想で美しい写真をたくさん撮ります。将来はきっと、人々を感動させるカメラマンになりますわ」

徐々に、聖花は涙声になっていく。

「なのに……おっぱい写真なんて、認められるはずがありません。彩人が誰かから後ろ指を指されるなんてこと、わたくしには耐えられませんわよ」

気の許せる友人を前にして、彩人の前では言えなかった本音を零していく。

そんな聖花の本音に、爽子と千鶴は微笑み合う。

（やはり聖花様は……）

（彩人様のことを案じているのですね）

素直になれない聖花様。心配しつつも愛らしさに頰が緩んでしまう二人は、これからも見守ろうと頷きあう。聖花は涙をぬぐい、ぽつりとささやく。

「……よろしければ、どこか別の場所でお茶の続きをしません？」

「ええ、もちろんですわ、聖花様」

柔らかく爽子が微笑み、

「それならわたくし、最近見つけたおすすめのお店がございますの」

千鶴は聖花が喜びそうなお店を提案する。聖花の親友として、そして聖花を慕う者として、爽子と千鶴は微笑みながら聖花に寄り添った。


「ありがとな、助手」

彩人は歩きながら、隣の雪希《ゆき》にお礼を言う。

放課後の茜色はさらに色を濃くし、水平線の彼方《かなた》へ沈む太陽が美しく海を染め上げる。

「あの時、助手の言葉がなかったら……俺は負けてたよ」

柄にもなくプレッシャーに押しつぶされそうになっていた彩人。

それを救ったのは、間違いなく隣にいる後輩だった。

「……」

「助手？」

しかし、その後輩からの返事がない。なんだか様子がおかしいので、彩人は雪希を呼ぶ。

すると、雪希はどこか冷たい空気を放っていた。

「……先輩は、ずいぶんと聖花さんを綺麗に撮るんですね」

「えっ」

そりゃ、勝負だから聖花を綺麗に撮るのは当たり前だけど……。

え、なに？　もしかして怒ってるっ？　と、彩人は一瞬でテンパる。

「いや、そりゃ、聖花は綺麗だし！　綺麗なものは誰が撮っても綺麗っていうか……ていうより、助手の励ましのおかげでより綺麗に撮れたっていうか……」

「……」

「なんかしゃべってっ？　え、どうしたのっ？　俺、何かしたっ？」

なぜか、必死に話しかけてもうんともすんとも言わない。

ええ、なんでっ？　と慌てる彩人の努力もむなしく、雪希は冷たいまま。

それからも、後輩ちゃんは口をきいてくれないのだった。

3枚目　同級生は大和撫子系陸上ガール

「あの〜、助手様。今日のご機嫌はいかがでございましょう？」

カメラ部の部室。茶色い長テーブルにパイプ椅子、本棚には数冊のカメラ雑誌があるばかりで物が少ない。正面の窓からは、輝く海がよく見えた。

パイプ椅子に座って本を読んでいる雪希に向け、彩人は揉《も》み手《で》でお尋ねする。聖花《せいか》のおっぱい写真を撮ってから数日が経過。なぜかずっとご機嫌斜めな後輩を気遣い続け、「そろそろ許して欲しいいいいい！」と音を上げそうになっている彩人はもう限界だ。

「……」

平身低頭。腰の低い対応で声をかけてくる彩人にちらりと視線を送った雪希は、無言のまま本へ視線を戻した。

「どうかもうお許しをおおおお！」

カメラ部に入って助手になってくれた大切な後輩ちゃん。しかもこんな可愛《かわい》い子にこんな塩対応をされたら彩人の心は簡単に壊れる。雪希は本から目を外し、彩人の方を向いた。

「いえ、すみません。本当は、最初から怒っていないんです」

「え、そうなのっ？」

ようやく、しゃべってくれた！　彩人は、救いを見出した気持ちになる。

「ただ、今は先輩の顔を見たくないだけで」

「怒ってんじゃん！　てか、俺嫌われてんじゃん！」

と思ったら、地獄へ叩《たた》き落とされた彩人は涙目だ。

「もう少しだけ時間をください」

「え、あとどのくらいっ？」

「……先輩が学園を卒業するまで」

「事実上の絶縁宣言じゃねーか！」

絶望した彩人は床に両手と両ひざをついてがっくりと項垂《うなだ》れる。

やっちまった。なにをやっちまったのかわからないがとにかくやっちまった。

最近の女子高生の気持ちはまったくわからん……と彩人は涙ながらに落ち込む。

「……冗談です、先輩」

本を閉じて、雪希はパイプ椅子に座ったまま彩人へそう言った。

「本当かっ？」

「ええ、本当です」

「じゃ、じゃあ、カメラ部をやめたりとかは……」

「しません。おっぱい写真もちゃんと手伝います」

「助手様――――――――！」

彩人は両手を組んでひざまずき、感謝を捧《ささ》げる。情けないが、男子高校生の彩人にとって可愛い女子高生《後輩》の一挙一動が全てだ。

パイプ椅子の上でくるりと彩人に身体《からだ》を向けた雪希は、彩人に尋ねる。

「それで先輩。これからどうするんですか？」

念願だったおっぱい写真を撮ることはできたが、次はどう動くのか？

雪希の疑問に、元気を取り戻した彩人は立ち上がって宣言する。

「決まっている！　俺の目標は、人々を感動させる最高のおっぱい写真を撮ること！」

瞳には炎が燃え盛り、魂は激情のままに叫ぶ。

「次は、清風《きよかぜ》学園が誇る陸上部のエース！　風見《かざみ》奈々《なな》枝《え》のおっぱいを撮らせてもらう！」


――静謐《せいひつ》な空気が満ちている。

そこは、清風学園茶道部の茶室。色とりどりの着物を纏《まと》った少女たちが、花のように茶室の中を彩っている――その中で、一際目を引く少女が一人。

風見奈々枝。

茶道の家元の次女として生まれ、幼い頃より礼儀作法を学んできた少女。

翡翠《ひすい》色の着物の上を滑り落ちる艶やかな黒髪、涼し気な目元に凛《りん》とした佇《たたず》まい。百七十センチ近い身長で姿勢よく背筋を伸ばし、静謐な茶室でお茶を点《た》てているその姿は、まさに日本の和の心。

大和撫子《なでしこ》そのものの美しさを体現する少女に、彼女が点てるお茶を待つ少女たちは作法を重んじて内面のはしゃぎようを隠しつつ、奈々枝から目を離せない。

また、奈々枝は陸上部にも所属している。毎年国体で優秀な成績を残すスーパーアスリートガールであり、清風学園陸上部が誇るエース。

そんな彼女に憧れる女子生徒は多く、この茶室の中にいる少女たちも例に漏れない。

陸上の強豪校であること。また、茶道部との兼部も認められていることから、スポーツ推薦の特待生として、奈々枝は高等部から清風学園に入学した。

「けっこうなお手前で」

奈々枝の点てたお茶を頂戴した少女たちが、礼儀作法にのっとり頭を下げる。

茶道部の部員数は二十名ほど。茶室が複数あることから、分散して茶会を開いている。

この茶室にいるのは二年生の奈々枝と、あとは彼女を心から慕う一年生の少女たち五人。

奈々枝に向けられる彼女たちの瞳は羨望と憧憬の輝きに濡《ぬ》れている。

少女たちがこのうえない幸せを感じる中、静かな時間は過ぎていった。

「奈々枝先輩。お疲れ様です」

「うん、お疲れ」

お茶を点て終わってすぐに、後輩の少女たちが奈々枝に話しかけてくる。

自分よりも背の高い奈々枝を見上げる瞳にきらきらと星を煌《きら》めかせながら、後輩の少女たちは口々に奈々枝を讃《たた》える。

「奈々枝先輩の点てたお茶、すっごく美味《おい》しかったです！」

「点てている時のお姿も素敵でした！」

「……あはは、ありがと」

気恥ずかしそうにお礼を言う奈々枝に、後輩の少女たちはさらにきゃいきゃいとはしゃぎだす。その様子を少し離れた場所から見ている後輩の少女たちも囁《ささや》き合う。

「家が茶道の家元で」

「清風学園陸上部が誇るエースで」

「おまけに、優しくて、カッコよくて……美しい」

「「「はあ、風見先輩」」」

頬に手をあてて恍惚《こうこつ》とした表情を浮かべる。こうして奈々枝以外は一年生の女子という状況が生まれているのも、奈々枝に憧れる一年生部員が多いからに他ならない。

奈々枝は基本的に陸上部に専念しているため、こうして奈々枝が茶道部でお茶を点てる機会に恵まれれば、すぐさま一年生たちによる茶会への参加資格争奪戦が行われる。

水面下でそんなことが行われているとは知らない奈々枝は、今日も後輩の少女たちに優しくしていた。

「あの、奈々枝先輩」

と、その時。茶室の襖《ふすま》を静かに開いて、一人の女子部員が奈々枝を呼んだ。

「神崎《かんざき》先輩がいらっしゃいました」

「え、彩人《あやと》が？」

彩人と奈々枝は中学の頃からの付き合いだ。今も同じクラスで、休み時間は一緒に話をするくらいに仲がいい。しかし、何も聞いていない奈々枝は急な来訪に少しだけ驚く。

茶道部の部員に促されて、彩人が茶室へ入ってきた。

「奈々枝」

「おっす、彩……人？」

いつものように爽やかに挨拶をする奈々枝だが、いつもと違う力強い瞳をしている彩人を見て、言葉が止まる。彩人の隣には、雪希の姿があった。

「奈々枝、頼みがある」

声に、力が込められている。思わず、身体が強張《こわば》った。なんでそんな熱いまなざしをしているのかわからない奈々枝は、気持ちを追い立てられるように着物の袖口を握った。

雰囲気を察し、茶道部の一年生たちは固唾を呑《の》んで状況を見守るしかない。

彩人は奈々枝をまっすぐに見据え、奈々枝に向けて手を差し伸べて、叫ぶ。

「俺に、お前のおっぱいを撮らせてくれ！」

――。言われた瞬間、奈々枝は息を呑んだ。

内容よりも、真正面からぶつけられた彩人の熱意に心を直撃された。

雷に打たれたような感覚を覚え、どうしてか、体温がわずかに上昇し身体が強張った。

何が起きているのかわからないまま自分の変化に戸惑う奈々枝――の代わりに、それまで固まっていた茶道部の一年生たちが叫び声をあげた！

「……お、おっぱいいいいいいいいいいいいいっ？」

「豆腐の角に頭でもぶつけたんですか、神崎先輩！」

「許せないっ！　炉釜にまだお湯が入ってるよねっ？　この変態にぶっかけてっ！」

「らじゃっ」

当然ながら茶道部の一年生たちは激昂《げきこう》し、彩人討伐に向けて動き出す。

奈々枝つながりで彩人と面識のある彼女たちだが、憧れの先輩におっぱいを撮らせてくれなどとおバカなことを言う輩《やから》が現れれば黙ってはいられない！

「逃げてください、奈々枝先輩！　奈々枝先輩のことはわたしが必ず守ります！　そのお礼に今度の日曜日にデートしてください！」

「まさか神崎先輩が、奈々枝先輩のヌードを狙っていたなんて！　どさくさに紛れて何言ってるのよ！　ところで奈々枝先輩、今度の日曜日はわたしも空いています！」

「っ。ちょっと待ってくれ！　俺が撮りたいのはヌードじゃない！　おっぱい写真だ！」

やばい。まさかここまで騒がれるとは！　しかも、とんでもない勘違い（？）をする茶道部の少女たちに彩人は焦って弁明（?）をする。

「同じじゃないですか！」

「いやがる奈々枝先輩の着物を脱がし、あまつさえその穢《けが》れのない肌を激写……」

「変態いいいいいいいい！」

「誰がそんなことをするかっ！　話を聞いてくれ！」

「嘘《うそ》をつかないでください！」

「奈々枝先輩のヌードを撮りたいという気持ちが、一切ないとでも言うんですか！」

「そりゃもちろん、俺は奈々枝のヌードなんて……」

一瞬、奈々枝の芸術的なヌードが想像の世界で生まれ、

「……めっちゃ撮りたい！」

思わず本音が漏れた。

「きゃ――――！」

「やっぱり、奈々枝先輩の裸が目的じゃないですか！」

「そんなうらやま……んんっ、迷惑なこと絶対に許しませんからあああああ！」

「早く！　生活指導の北原先生呼んで！」

「！　ちょ、どうかあのゴリラだけはご勘弁をおおおおお！」

つい、ぽろっと正直な気持ちが漏れた彩人を茶道部の少女たちが全力で責め立てる。

あのゴリラ先生だけは勘弁して欲しい！　警察よりも、怖い！

「先輩、どうして学習しないんですか……」

彩人のあまりのうかつさに、さすがの雪希《ゆき》も呆《あき》れを禁じ得ない。

「助手！　このままじゃやばい！　助けてくれ！」

「えーと……すみません、無理です」

「もう少し、頑張ってっ？」

このままではゴリラ先生による折檻《せっかん》コース。

早々に諦める雪希にツッコむ彩人だが完全に自業自得。もはや、どうしようもない。

――その時、騒ぎのるつぼと化した茶室に奈々枝の声が響いた。

「彩人は、どうしてわたしのおっぱいを撮りたいの？」

奈々枝の一言は、茶室の騒ぎを収めるのに十分な威力を持っていた。頬を淡く色づかせたまま、奈々枝はそらしたくなる瞳に力を込めて彩人をまっすぐに見つめている。

「……決まっている。奈々枝と、奈々枝のおっぱいが、美しいからだ！」

奈々枝の瞳が見開かれる。次いで、あの日の記憶が呼び覚まされた。

「中学の頃、撮りたい写真があるって言っていたけど、もしかして、これがそうなの？」

「ああ、そうだ！」

「それは……彩人が、全力でやりたいこと？」

「ああ！　最高のおっぱい写真を撮る！　それが俺の夢だ！」

「……そっか」

奈々枝は顔を俯《うつむ》かせた。茶道部の少女たちは固唾を呑んで事の成り行きを見守っている。

「彩人。それなら、ひとつだけ条件がある」

やがて、顔をあげた奈々枝は……叫んだ。

「わたしのおっぱいを撮りたかったら、お前の全力を見せてみろ！」

奈々枝の顔には、清々《すがすが》しい笑み。その言葉と表情でさらなる驚きに包まれる茶室だったが、彩人だけは奈々枝の気持ちをまっすぐに受け止める。

「——ああ、わかった。俺の全力を見せてやる！」

こうして聖花《せいか》に引き続き、彩人はおっぱいをかけて奈々枝と勝負することになった。

「いや、おかしいでしょうっ？」

「風見先輩っ！　目を覚ましてくださいー！」

しかし奈々枝を慕う一年生たちが承知するはずもない。

それをなだめるのに、けっこうな時間がかかったのだった。


「先輩」

「おう、助手。見ててくれ、俺の全力を！」

場所は変わって、学園のグラウンド。

陸上部にも事情を話し、彩人は奈々枝《ななえ》と勝負をすることになった。茶道部から着物姿のままかけつけた茶道部員たちに加え、陸上部の女子部員もギャラリーとして集まっている。

勝負の内容は、校庭全力疾走。

ゴールは、ない。二人でひたすらグラウンドを走り続けるというシンプルな内容。

そして、勝敗の基準は『彩人の全力』。

常日頃から陸上部で鍛えている奈々枝に、文化系の彩人が勝てるはずがない。なので、彩人がどれだけ全力を見せ、奈々枝に認めてもらえるかで勝敗が決まるルールとなった。

シンプルな内容故に、彩人の根性が決定的に物を言う勝負。

当然、力をセーブした走りでは奈々枝の納得は得られない。最初からスタミナ計算度外視の全力疾走。己の限界を超えてもなお根性で走り続ける姿を奈々枝は望んでいる。

つまり、奈々枝はこう言っているのだ。

『限界を超えた全力を見せてみろ』

一周や二周で音を上げるようでは、話にならないということだ。

様々な環境で写真を撮ってきたため、彩人の運動神経はそう悪い方ではない。

とはいえ、ペース配分無視で全力疾走すれば誰だってすぐに息があがり、限界が訪れる。

――その限界を超えた時、彩人は奈々枝のおっぱいを撮ることができる。

「奈々枝先輩、頑張ってください！」

「絶対に負けないでください！」

「応援してます！」

茶道の着物から陸上部のユニフォームへと着替えた奈々枝は、茶室にいた時とはまた別の美しさを顕現する。

お茶を点《た》てる時は解《ほど》いていた髪をまとめてポニーテールにし、陸上で鍛えられた身体《からだ》をおしげもなく晒《さら》す。

着物で押さえられていた胸が解放され、Gカップを誇るおっぱいはユニフォームの胸元をこれでもかと押し上げ健康的な存在感を見せている。

清風《きよかぜ》学園陸上部が誇るエース——その貫禄《かんろく》を見せつける姿が、そこにあった。

「奈々枝せんぱーい！」

「大好きでーす！」

その凛々《りり》しい姿に茶道部と陸上部の女子部員たちはおおはしゃぎ。

ちなみにギャラリーはほぼ女性陣で、当然のごとく全員奈々枝の味方だ。

「神崎先輩、心の底から見損ないました！」

「ていうか、顔面から派手に転んでください！」

「神崎せんぱーい、今度わたしの淹《い》れたお茶を飲んでクダサーイ♪」

「絶対、毒入っているだろ、それっ！」

そして、これまでけっこう仲良くしてくれていた茶道部と陸上部の女子部員たちから寄せられる文句の数々。

言うても奈々枝つながりで少しは親しくしていたので、ためしに彩人は聞いてみる。

「この中に、俺の応援してくれる人はいますかー？」

しーん。誰もいない。聞かなければよかった。彩人にとって、完全にアウエーだった。

女子たちの総スカンが、まさかここまで心にクるものだとは……。

ちなみに奈々枝も一緒に走るのは、「彩人が全力で挑む以上、わたしも全力を見せる」

という彼女の男気によるものだ。

「あの、先輩。本当にこの勝負をするんですか？」

制服姿の雪希は、心配そうに彩人に尋ねる。

「おう、もちろん」

彩人は体操着に着替え、やる気満々で準備体操をしている。

「無茶じゃないですか？　奈々枝先輩は、全国レベルですよ？」

「なに、タイムで競うってわけじゃない。奈々枝が求めているのは、俺の全力だ。それなら、それを見せればいいだけのことだ」

写真勝負ならまだしも、全国レベルの選手が相手のスポーツ勝負では勝ち目がないように雪希には思えた。

それに、こんな大々的におっぱい勝負をしてしまっては、学園に噂《うわさ》が広まるのは明白。

茶道部員や陸上部員も含め、ここには多くのギャラリーがいる。すでに、彩人を変態として認識した女子生徒たちの視線は冷たい。雪希には、それがとても気がかりだった。

「それにな、助手。奈々枝は、俺の無茶な要求に全力で応えてくれた。なら、結果がどうあれ、俺も全力で応えなくちゃいけない。それが、奈々枝への礼儀でもある」

「……先輩。まともなことを言っているように見えますけど、目的がおっぱいなのでカッコつきません」

「そのとおりだな！」

雪希のツッコミで、彩人《あやと》は自分が今からやろうとしていることを改めて自覚した。

「それと、助手。悪いけど、このカメラを預かってくれ」

「あ、はい。いいですけど」

彩人はずっと首から下げていたカメラを外し、宝物を渡すように雪希へ差し出した。

体操着に着替えた時点でカメラを置いてくればよかったのでは？　と疑問に思っていた雪希の前で、その理由が示される。

「……ぐっ」

「先輩？」

雪希にカメラを渡した瞬間、彩人は力を失ったように片膝をグラウンドの土についた。

「どうかしたんですか？」

心配して雪希がそう尋ねると、彩人はつらそうに答える。

「聖花の時にも言ったが……俺は、カメラを手放すと弱体化するんだ」

「その設定、いります？」

「設定言うな！」

「ネタじゃなかったんですか？」

「本気だよ！」

すでにカメラは彩人の身体の一部になっており、手放すと本当に心身共に弱体化する。

なかなか信じてもらえないその事実を彩人は必死に訴えた。

「えい」

「ぐお」

つん、と雪希が彩人をつつくと簡単に地面へ倒れた。

「えい、えい、えい」

「うお、ぐは、かはっ」

つつくたびに悶《もだ》える彩人。雪希はなんだか楽しくなってきた。

「なにあれ」

「こんな公衆の面前で変態プレイ？」

「……こわ」

周りの生徒たちは引いていた。

「そんな状態で勝負するんですか？」

「あ、ああ。俺は絶対に、奈々枝のおっぱいを撮る！」

そんな感じで準備が整い、いよいよ勝負の時が訪れた。

彩人と奈々枝はグラウンドに並んで立ち、スタートの瞬間を待つ。

「彩人。わたしのおっぱいが撮りたかったら、簡単に音を上げないでよ」

「当たり前だ」

「いちについて」

スタートの合図を告げるピストルを持った陸上部員が、用意を促す。

それを受け、彩人と奈々枝はクラウチングスタートの姿勢をとった。毎日この姿勢をとっている奈々枝の姿はとても様になっているが、彩人はどこかぎこちない。

「よーい……」

パン！　ピストルが鳴り、勝負が始まる。

その瞬間、奈々枝は見事なスタートダッシュを決め、先頭に躍り出た。

そして、確かな足さばきでグラウンドを踏みしめ、ぐんぐんと速度を伸ばしていく。

「うおお！」

彩人は奈々枝との約束どおり、最初からペース配分無視の全力全開で走り出した。

が、それでもあっという間に奈々枝に引き離された。

「奈々枝せんぱーい！」

「頑張ってくださーい！」

「奈々枝先輩、速い！」

「カッコいいです！」

走る奈々枝に向けて飛ばされる黄色い声援の数々。それに応えるように、奈々枝は力強く速度をあげていく。

「……先輩」

しかし、雪希《ゆき》が見守る先を走る彩人の姿は不安を感じさせる。全国レベルの選手を相手に、その差は歴然。明らかに素人の走りをしている彩人の姿は、とても頼りない。

「くっ」

全開の蛇口からどばどば流れる水のように全力を出して走る彩人は、はやくも身体中の筋肉がきしみ、悲鳴をあげる。

まさか全力で走ることがここまでつらいとは！

なんならもう、このままぶっ倒れたいくらいだ！

だが奈々枝が見たがっているのは俺の本気！　なら一滴残らず力を出しつくす！

そんな決意を込めて大地を蹴り続けるが、もうトラックを一周してきてしまった奈々枝は彩人を追い抜いてさらに加速する。

周回遅れになってしまった彩人。すでに息が上がっていて、速度が落ち始めていた。

「はあ……はあっ！」

やはり、日々部活動で汗を流す選手には敵《かな》わない。

だが、奈々枝が見たいのはスタミナがつきたその先。もう走りたくないという気持ちを越えて、どれだけ全力の根性を見せられるかが鍵となる。だから、彩人は走る。

「……彩人」

同じく全力で走り続ける奈々枝は、走る彩人の姿を視線で追い、呟《つぶや》いた。

実はもうひとつ――奈々枝には、知りたいことがある。

それは、彩人が本当におっぱいを撮りたいのかどうか。おっぱい写真に、どれだけの想《おも》いをかけているのかを知りたい。普通なら、おっぱいなんて撮らせない。だから奈々枝は、彩人のおっぱいへの想いをこの勝負を通して確かめたかった。

「神崎《かんざき》先輩、奈々枝先輩に謝ってください！」

「変態ー！」

彩人には声援どころか手厳しい野次の声が飛ぶ。

それらは彩人の心をがりがりと削り、走りのパフォーマンスにも影響を及ぼす。

「っ」

そして、またも奈々枝にあっさりと抜かれ、さらなる周回遅れになる。

すでに身体は限界。メンタルが次々とダメージを受け、すでに全力を出し切り今すぐぶっ倒れたいと願う気持ちも手伝って、身体も力を失い始める。

「っ！　ぐあっ――く」

その時、もつれた足が地面を離れ、彩人の身体は宙に浮いた。間髪容《い》れず地面へ落ちた彩人に、走っていた速度も加わった衝撃が襲い掛かる。それは見事な転びっぷりで、彩人は顔から地面へつっこみ、砂埃《すなぼこり》をあげながらごろごろと転がった。

「っ、先輩！」

それを見ていた雪希は思わず目を見開いて、身体が凍りついた。

「……っ」

奈々枝《ななえ》もそれに気づき眉を歪《ゆが》めるも、顔を振って気持ちを改め走り続ける。あの程度の転び方なら、そんなに大きな怪我《けが》じゃない。男の子なら、余裕で立ち上がれるだろう。

それにこれは、全力の勝負。だからどんなに心配でも、奈々枝は走り続けなければならない。……たとえ、心が痛くとも。

「……くっ」

やばい。痛い。……転んだのか、俺は？　目の前には地面が見える。すりむいたのか頬がひりひりと痛みを発し、身体のあちこちからもずきずきと痛みが生まれていく。

「──ぜ、はっ、は、は」

思い出したように、息苦しさが感じられる。身体の痛みとミックスされてさらに苦しさが増す。肺が酸素を必死に求め、地面に倒れ伏す彩人の身体を激しく上下させていた。

──あれ？　自分で自覚している以上の疲労感が生まれていたことに、彩人はようやく気づく。そのダメージは、雪崩のように精神をも浸食していく。

──俺、なんでこんなことしてんだっけ？　なんで、こんな苦しい思いまでして……。

「……ね、ねえ、保健室に連れてった方がよくない？」

「そ、そうかも」

地面に蹲《うずくま》ったまま動かない彩人の姿を見て、茶道部員たちに心配の色が浮かぶ。

そんな中、ようやく恐怖の呪縛から解放された雪希が駆け出した。

「先輩！」

「先輩、大丈夫ですかっ？」

「……助手？」

すぐに彩人の下へ辿《たど》り着いた雪希は、彩人の無事を確かめる。痛みで身体《からだ》を動かせない彩人が顔だけをあげると、そこには泣きそうな雪希の姿があった。

「……お、おう。別に大丈夫だ」

全力で走り続けた疲労と転んだ怪我……つらいことはつらいが、そこまでひどい怪我じゃないので、雪希の必死な様子に彩人の方が面食らう。

「はは、派手に転んだな」

自嘲気味に笑う彩人だが、その身体は地面に倒れ伏したままだ。情けない姿を後輩に見せたくはないが、今はちょっと動きたくない。

色んなところをすりむいて血が出ているし、無茶をして走り続けていたから筋肉が悲鳴をあげている。呼吸もまだ整わず、息苦しいままだ。

正直、このまま休みたい。そのくらい、満身創痍《まんしんそうい》な状態。

我ながら情けなくて、笑いが漏れる。

「……あの、先輩。もう、いいんじゃないですか？」

「助手？」

彩人の悲惨な姿を見て、雪希の胸が締め付けられる。

「こんなに頑張っても意味ないですよ。……たかがおっぱいのために、ここまで頑張らなくてもいいじゃないですか」

彩人がかわいそうで、雪希はそんな言葉をかけていた。

実際、雪希の言うとおりだ。

おっぱいを撮るために勝負を挑み、変態と言われ、この様子では噂《うわさ》は学園中にあっという間に広がる。そして無茶な勝負を引き受け、こんな傷だらけになっている。

彩人の自業自得なのだが、雪希には彩人の傷つく姿が耐えられなかった。

「……ありがとな、助手」

もう何度目になるかわからないが、奈々枝は彩人と雪希の横を通り過ぎていく。彩人が無様に倒れ込んでいる間にも、奈々枝は走り続けていた。全力で。自らの限界を超えて。

「心配してくれて、嬉《うれ》しかった」

「……先輩」

心配する雪希を前に、彩人はずきずき痛む身体で、よろよろと立ち上がり始めた。

「それでも、ひとつだけ言わせてくれ」

そして構えをとり、足に力を込める。

「――おっぱいの前に、『たかが』なんて言葉は、絶対につかない！」

「えっ」

思わぬ言葉にぽかんとする雪希。彩人《あやと》は大地を蹴り、再び全力で走り始める！

……なんで、こんな苦しい思いをしてまで頑張っているかって？

決まっている！　俺は――おっぱいを撮るために、全力で走っているんだ！

「うおおおおおおおおおおおお！」

転んで倒れ込んでいたので、体力は少しだけ回復している。

身体中がずきずきと痛むが、知ったことじゃない。

俺は、全力で、奈々枝に応える！　そして、奈々枝のおっぱいを撮る！

「おおおおおおおおおおおお！」

さっきよりも、気合いの入った走り方。獣のような気迫で、彩人は風を切る。

「……」

再び走り始めてしまった彩人の背中がぐんぐん遠ざかる。ぼろぼろの姿で走るその姿はやはり痛々しい。思わず伸ばしそうになった手を、雪希は目を瞑《つぶ》ってから握りしめ、胸元へと持っていく。そうして瞳を開き、走り続ける彩人をしっかりと見据えた。

……どうしてか、心配だけじゃない感情が心の中に生まれて、笑みが浮かんだ。

「……先輩は、おバカさんですね」

ぽつりと呟いたその言葉は、当然ながら彩人には届かない。

「うおおおおおおおおっ！」

勝負は続行。身体中に走る痛み、全身の筋肉があげる悲鳴を気合いで吹き飛ばし、大地を蹴る。先程よりも迫力ある走りを見せる彩人の隣に、奈々枝が並んだ。

「彩人。まさか、それが全力じゃないよね？」

「ああ、当たり前だ！　俺の全力は、まだまだこんなもんじゃねえええええ！」

「はは、上等！　これくらいで音を上げないでよ！」

痛む身体と弱りそうになる心に鞭打《むちう》って、彩人はさらに速度を上げる。

明らかに限界を超えた走り。明日の朝は筋肉痛間違いなしだ。

「ね、ねえ。なんか、神崎先輩、すごくない？」

「う、うん。ちょっとカッコいいかも」

彩人の頑張る姿を見て、ギャラリーの女子部員たちの心にも変化が訪れる。

走りは素人だけど、でも決して諦めず、転んでも立ち上がって挑み続けるその姿。

少女たちの彩人への好感度が上がり始めた。

「いやいや、みんな、思い出して！　神崎先輩は、奈々枝先輩のおっぱいを撮るためにあんなに頑張ってるんだよ！」

「っ！　そうだった！」

「やっぱり、変態だー！」

しかし事実を思い出し、彩人の好感度は一気に下落。マリアナ海溝より深く沈んだ。

「っ、見て！」

ギャラリーが見守る前で、再び彩人の身体が宙に浮いた。

「っ」

どんなに頑張ろうと、所詮は陸上の素人。

限界を超えた身体はずっと悲鳴をあげており、当然、終わりが訪れる。

「――くそっ」

彩人には目の前の景色が、スローモーションに見えた。

疲労で右足がもつれ、自分の身体が大地へ吸い込まれていく。

――また転ぶ。襲い来る浮遊感と目前に迫る地面、未来の痛みを予想し恐怖が生まれる。

本当に限界だ。このまま転んだらもう立ち上がれないだろう。それがわかるから踏ん張りたいのに、それができない。心が折れなくとも、身体はもう動かなくなっていた。

「……っ」

奈々枝のおっぱいは、美しい。まさに、芸術だ。その芸術をこの手で撮りたかった。

でも、――届かなかった。

地面が迫る。終わりの時を悟った彩人の目に、悔しさのあまり涙が浮かんだ。

ぽよん♡

「――っ？」

覚悟した衝撃の代わりに、なぜかとても柔らかくてあたたかい何かに包まれた。ぜえ、はあと荒い呼吸を繰り返しながら指一本動かせない彩人には、何が起きたのかわからない。

「彩人、見せてもらったよ」

すぐ上。頭上から響く声に、彩人はようやく自分がどんな状態にあるのかを理解した。

「お前の全力」

「っっっ」

どうにか顔をあげれば、そこには奈々枝の爽やかな笑顔。

太陽と夏の青空のように清々《すがすが》しく、そして可愛《かわい》い顔が目の前にある。

そう。転びそうになった彩人を見た奈々枝は、全力で大地を蹴って彩人の目の前に回り込み、そしておっぱいで受け止めていた。

「な、奈々枝ッ？」

Gカップを誇る豊満なおっぱいが優しいクッションとなり、彩人には怪我ひとつない。

奈々枝はまるで抱きしめるかのような形で、彩人を助けていた。当然ながら、彩人の顔は真っ赤に染まる。身体を離そうとしても、限界を超えた身体は動いてくれない。

「いやー！」

「変態が奈々枝先輩とひとつにいいいいいー！」

「何してるんですか、神崎《かんざき》先輩！　早く離れてくださいいいい！」

だが、奈々枝を慕う女子生徒たちはそうはいかない。

目の前の光景に耐えられず、すぐに彩人と奈々枝を引きはがしにかかる。

「ぐあっ！」

彩人は普通にグラウンドへ投げ捨てられる。痛みが身体を襲った。めっちゃ痛い。

「大丈夫ですか、奈々枝先輩！」

「今すぐ、シャワーを浴びてください！」

「いやいや、その必要はないよ」

後輩の少女たちの尋常ならざる様子に、奈々枝は若干引いていた。

「先輩、お疲れ様です」

「お、おう。助手か」

地面に倒れ伏す彩人に、しゃがみこんだ雪希《ゆき》が声をかける。

「先輩は、本当におバカさんですね」

「ぐう、疲れ切った心と身体に染み渡る」

「……でも」

雪希は微笑《ほほえ》んで。

「カッコよかったですよ、先輩」

言われた彩人は「え、マジで？」という表情を浮かべ、顔をあげた。そこには、後輩の女の子の優し気な笑みがあった。少しだけ照れた彩人は、ぼそっと言った。

「……ありがとよ、助手」


そして、約束のおっぱい写真。

休んで体力も回復した彩人は、カメラを構えていた。

グラウンドに片膝をつき、写真がぶれないように脇を締めて固定。ファインダーの向こうに広がるグラウンドの先に、陸上部のユニフォーム姿の奈々枝《ななえ》がいる。

「行くよ、彩人ー！」

「おう！　いつでも来い！」

彩人が奈々枝に望んだのは、『全力で走っている奈々枝のおっぱい』。

大好きな陸上で輝いている奈々枝とそのおっぱいを撮るのが、彩人の夢。

奈々枝が大地を蹴り、スタートする。

遥《はる》か前方から奈々枝がぐんぐんと近づいてきて、距離が縮まっていく。

たゆん、ぽよん、たゆん！

走る衝撃によって、迫力ある動きをするおっぱい。

位置と形が次々と変わる中、彩人は最高のシャッターチャンスを探す。そして、

――パシャ。

奈々枝が目前まで迫り風のように横を通り過ぎる寸前、彩人はシャッターを切った。

「……撮れた」

確かな手ごたえを感じ、自然と彩人は涙を零《こぼ》す。

ずっと撮りたかったおっぱい写真。

二枚目を撮れたことに、彩人の心に感動の波が押し寄せていた。

「彩人。――見せて」

呼吸を整え、写真を見せてくれるように頼む奈々枝。

彩人はカメラと接続したスマホで、今撮った写真を見せた。

「――」

「……すごい」

「奈々枝先輩、カッコいい」

「綺麗《きれい》……」

一緒に写真を覗《のぞ》き込む女子部員たちからも、感嘆の声が漏れる。

風を切り、髪を靡《なび》かせながら走る奈々枝。その真剣な表情の中に見せるわずかな恥じらい、走っている姿がもたらす迫力、そして、躍動するおっぱい――それらの要素が重なり合い、見事な調和となって感動を生み出していた。

「彩人」

呼ばれて顔を向ければ、そこには奈々枝の笑顔があった。

「ありがとな。わたしをこんな風に撮ってくれて」

「……こちらこそ」

最高のおっぱい写真を撮れたこと。そして、奈々枝が喜んでくれるようなおっぱい写真を撮れたことの喜びで、彩人も笑みを浮かべた。

「最高の写真を撮らせてくれて、ありがとう。奈々枝」

「どういたしまして」

そして奈々枝が差し出した手を彩人が握り、二人は握手を交わす。

「また来い！」

「っ。……おう！」

こうして彩人は、二枚目のおっぱい写真を撮ることができたのだった。

「……う～」

「たしかに、神崎先輩の写真はすごいけど……でもっ」

見事なおっぱい写真を撮り、奈々枝ともいい感じの彩人に感心しつつも、茶道部一年生たちの心中は穏やかではない。そしてなにより、奈々枝のあの笑顔。

奈々枝先輩、どうしてそんなにいい笑顔なんですかっ！

「――やっぱり、駄目！」

「こんなの認められない！」

「うおおっ、危ねええ！」

茶道部の一年生たちが何かを投げてきた。不穏な気配を察知した彩人《あやと》は野生の勘でぎりぎり避《よ》ける。勢いよく飛んできて地面に当たって弾んだそれを見れば、サッカーボールだった。

「神崎先輩、女の敵ィっ！」

「二度と奈々枝先輩に近づかないでください！」

「ちょ、待っ！　マジで危ない！　テニスボールまでっ？」

あろうことか、茶道部の一年生たちは女子サッカー部や女子テニス部などからボールを借り、それを彩人へ投げつけ始めた。完全にヤル気である。

「ソフトボール部のエースが応援に来てくれたよ！」

「やった！　あの変態に思いっきり投げてやってください！」

「逃げるぞ、助手！」

増援まで呼ぶ始末。これは、駄目だ。茶道部一年生たちの目は完全に覚悟を決めている。

動物的本能で危険を察知した彩人は、雪希を連れて全力で逃げることを決断。でも、あ、駄目だ。まだ身体《からだ》ががたがただ！　本当は走れる状態じゃねえええ！

一緒に逃げながら、雪希は隣の彩人に言った。

「先輩。今ここで、わたしが先輩の足を蹴って転ばせたらどうなりますかね？」

「死ぬわ！」

こうして、とても大きな代償と引き換えに彩人は奈々枝のおっぱい写真を撮り、痛む身体で泣きながらグラウンドから逃げたのだった。

「……あの、奈々枝先輩」

「ん？　どうしたの？」

彩人と雪希がグラウンドから逃げた後。奈々枝のおかげで落ち着きを取り戻した茶道部の一年生たちは、奈々枝にあることを尋ねていた。

「どうして、神崎先輩に……その、えと、お、おっぱいを撮らせてあげたんですかっ？」

奈々枝が彩人におっぱいを撮らせた理由――それを知りたいのは、顔を真っ赤にして聞いてきた少女だけではない。その場にいる女子たち全員の気持ちだった。

「……えっと。わたしはただ、彩人の全力が見たかったんだ」

少しだけ恥ずかしそうに奈々枝は答える。なんのことかわからない後輩たちは、当然ながら困惑気味な反応。奈々枝は彩人を少しでも見直して欲しくて、中学時代の話を始めた。

「新聞部の取材で、わたしを？」

ホームルームが終わり生徒たちの喧騒《けんそう》が響く中、部活へ向かおうとしていた奈々枝は彩人に頼みごとをされた。

「おう。……協力してくれるか？」

中学時代の彩人は新聞部に所属し、学級新聞に載せるための写真を撮っていた。

今回の新聞部の特集記事では、全中への出場も決まった陸上部期待の新人である奈々枝に白羽の矢が立ち、彩人はそのための取材をお願いしている。

「そうなんだ。うん、いいよ」

本当は、少し気恥ずかしい。けれど、彩人が真面目なこと、この学校の新聞部がちゃんと活動していることは知っているから、奈々枝はすぐに了承した。

「ありがとう。じゃあ、明日の昼休みに取材をお願いしていいか？」

「うん、わかった」

二人はそう約束をして、教室でわかれた。


「——あ」

陸上部の更衣室。着替えをしようとロッカーを開いた奈々枝は、中にある本に気づいた。

「忘れてた」

それは、貸出期間が今日までの本だった。

まだ時間があることから、奈々枝は急ぎ図書室へ向かう。

「あれ？」

そうして本を返却した後、何気なく図書室の中を見回すと、そこに彩人の姿を見つけた。

彩人は何冊もの本を重ね、なにやら真剣に読みふけっている。

「彩人、何してんの？」

「あ、奈々枝」

彩人が熱心に読んでいるのは、陸上関係の本だった。

陸上の歴史、トレーニングの本、小説などなど。

「新聞の素材集め？」

何気なく聞いた奈々枝に、彩人は答える。

「それもあるけど……陸上の写真を撮るなら、ちゃんと陸上のこと知らないとなって思ってさ」

「え、そんなことまですんの？」

奈々枝はちょっとだけ驚く。陸上部で走っている誰かを撮るだけなら、別に勉強なんてしなくてもいいと思っているからだ。

「やっぱ、撮る対象について知っているのと全然知らないのじゃ、撮れる写真に違いが生まれると思うんだよな」

「……」

「今回の場合、『陸上』と『走っている陸上選手の姿や想《おも》い』を見てくれる人に伝える写真を撮りたいからさ。やっぱ、色々知らないとなって」

「へえ」

写真を撮るためにそこまでするんだ、と奈々枝はちょっと感心する。

……どうしてか、真剣に本に目を向ける彩人に見惚《みと》れてしまう。

「奈々枝」

「っ、な、なに？」

突然名前を呼ばれたので、奈々枝は面食らう。

今まで感じたことのない感情に心を乱されつつ、奈々枝は返事をした。

「よかったら明日の取材の時に、奈々枝が陸上を通して感じていることを色々聞かせてくれないか？　そうすれば、走っている奈々枝のことをもっとちゃんと撮れると思うんだ」

まっすぐで、力強い瞳だった。そして、きらきらしている。

自分が一番好きなことに夢中になっている人の瞳だった。

「……うん、いいよ」


「ありがと」


「うん」

再び本に目を向ける彩人。話は終わったのに、奈々枝はなんとなくそこから動けずにいた。……自然と、問いかけてしまう。

「彩人は、カメラに全力なんだね」

「――おう、俺の全てだ」

何の迷いもない、青空のように澄み切った返事。奈々枝《ななえ》は清々《すがすが》しくなって、思わず笑みが浮かんだ。そうして、奈々枝をメインにした学級新聞は完成した。

奈々枝が全力で走る姿――学級新聞に掲載された、彩人が撮ってくれたその写真を見て、奈々枝の心はまた熱くなった。

――わたしのこと、こんな風に撮ってくれるんだ。

彩人本人は、「やっぱ、俺、人物写真苦手だ。ごめん」と謝っていたけれど、奈々枝にとってその写真はとても嬉《うれ》しいものだった。

それから、奈々枝は今までよりも彩人のことを見るようになった。どんな時も全力でカメラに取り組んでいる彩人の姿を見て……奈々枝は思った。

全力で頑張ることは、カッコいい。わたしも、あんな風になりたい――と。


「――まあ、そんなわけでさ。彩人は別に悪い奴《やつ》じゃないし、自分が好きなものに全力になれる奴なんだよ」

彩人の評価の回復を望んで、奈々枝は中学時代のことを話し終えた。

おっぱいを撮りたいなんて誤解されてもしょうがないけど……でも、彩人はちゃんと真面目で、優しい少年。そのことを、奈々枝は少しでもわかってもらいたかった。

「……奈々枝先輩、いい人すぎます！」

「え」

なぜか目じりに涙を浮かべた茶道部の後輩たちに、奈々枝はぎょっとする。

彼女たちは、全力で怒りをあらわにしていた。

「神崎《かんざき》先輩、許すまじ！」

「純粋な奈々枝先輩をたらしこんでおっぱいを撮るなんて！」

「わたしたちで、奈々枝先輩を守らなきゃ！」

「みんなで頑張ろう！」

「「「「お――――――！」」」」

そして、拳を天に掲げて誓い合う。その決意は、まさに地獄の業火。

「……えーと。……ごめん、彩人」

彩人の信頼回復ができなかった奈々枝は、申し訳なさそうに呟《つぶや》いた。

そして、後日。

「神崎彩人はおっぱいカメラマン」という事実が学園内を駆け巡った。

情報ソースはもちろん、茶道部の一年生たちである。

4枚目■美人巨乳教師はグラビアアイドルの夢を見ない

「静《しずか》先生〜」

斜陽差す学園の放課後。親しみを込めた声音で呼ばれた静は、振り向いた。

見れば、廊下の向こうから三人の女子生徒が嬉々《きき》とした足取りで駆け寄ってくる。

「あら、灯《あかり》さんたち、どうしたの――きゃ」

「ありがと！　先生！」

「静先生のおかげで、ちゃんと部活申請できました！」

「静先生、最高ー！」

静が思わず驚くくらいの勢いで、三人の女子生徒たちは感謝の気持ちを伝えてくる。

その理由は、部活動設立のための申請を静に手伝ってもらったからだ。

自分たちで作った新しい部活にわくわくしている気持ちが伝わってくる。

「よかったわね、おめでとう！」

「えへへ」

我が事のように喜んでくれる静を見て、三人の女子生徒は嬉しそうに笑みを浮かべた。

彩玉《さいたま》静。清風《きよかぜ》学園高等部の美人英語教師。

腰元まで伸びる栗色《くりいろ》の髪がさらさらと揺れ、愛らしい童顔には優しい笑みが浮かぶ。

きっちりと着こなしたビジネススーツは大人の雰囲気を醸し、その胸元を押し上げるほどの存在感を放つおっぱいは、彼女のスタイルのよさを主張する。

教師歴二年目の新米教師だが授業は丁寧でわかりやすく、居眠りが多い生徒でも静の授業はばっちり起きているくらいだ。

生徒の相談には親身になり、悩み事があれば真剣に聞き、一生懸命力になってくれるため、男女問わず多くの生徒が彼女を慕っている。大人の雰囲気の中に子供のような愛らしさを持ち、優しくて生徒想いの巨乳美人教師。必然、男子の中に恋心を抱く生徒もいる人気ぶり。

そして彩人《あやと》のクラスの担任であり、カメラ部の顧問も務めている女性だ。

「あ、そうだ。静先生」

新しい部活へのわくわくと静への感謝を伝えた女子生徒は、ふいにあることを思い出す。

「聞きましたか？　神崎くんのこと？」

「え、神崎くんがどうかしたの？」

突然彩人の名前を挙げられた静は、何事かと思う。

「なんか……神崎くん、おっぱいカメラマンだったらしいんです！」

「――お、おっぱ!?」

瞬間沸騰みたいに、静の顔が赤くなる。

平和な放課後の廊下で、予想だにしない単語が生まれたからだ。

「え、えと、ごめんなさい。どういうことなのかしら？」

何も知らない静は、戸惑いながら尋ねる。

「なんか、神崎くんが女の子のおっぱいを撮ってまわってるって聞いたんです」

「清花院《せいかいん》さんと陸上部の風見《かざみ》さんも犠牲になったらしいです！」

「噂《うわさ》によると、神崎くんは二人の弱みを握って無理やり！」

一斉にまくしたてる女子生徒三人の言葉に、静の頭はくらくらしてしまう。

神崎くんが……おっぱい？……無理やり？

静の知る彩人は、とても真面目で写真に熱意を燃やす少年だ。カメラ部の活動をいつも一生懸命頑張っているし、彼の撮る写真は本当に素晴らしい。一個人として彩人のファンでもある静からすれば、目の前の少女たちの言葉はとても信じられるものではない。

予想しえないエッチな単語と教え子を結び付けられた静は落ち着かなくなり、わずかに頬が染まると同時に、思わずおろおろしそうになってしまう。

が、教師としての使命を思い出し、とにもかくにも毅然《きぜん》とした瞳で三人を見つめる。

「……話はわかりました。カメラ部の顧問として、神崎くんにちゃんと話を聞いておきますね」

静は、彩人を信じている。

「でも、その噂はあまり人には言わないようにしてください。間違いだった場合、神崎くんがかわいそうですから」

だから静は彩人に話を聞くことを決め、噂が悪戯《いたずら》に広まらないようにした。

残念なことに、真実なのだが……。

「あ、そうですね」

「ごめんなさい、わたしたち、つい……」

静の言葉で冷静になった少女たちは反省する。やっぱり、いい子たちだなと静は思った。

「でも、静先生。もしも、噂が本当だったら気をつけてください！」

「静先生、綺麗《きれい》だし、優しいし、おっぱい大きいから、狙われるかもしれません！」

「え、ええ。わかりました。心配してくれて、ありがとう」

たしかに、彩人が自分の胸を何回か見ていることには気づいていた。

思春期なのだからしょうがないと理解はしているが……当然恥ずかしさはある。

にこやかに挨拶をしながら去っていく三人を見送り、静はため息をついた。

「神崎くんがそんなことをするはずがないけれど……どうして、そんな噂が」

静の心に、彩人への心配が溢《あふ》れかえる。

いずれにしても、このままにはしておけない。こんな噂が広まったら彩人が傷ついてしまうかもしれない。一刻も早く、なんとかしなければならないと静は思った。

「とにかく、神崎くんに話を聞かないと」

そうしてその足で、静はカメラ部の部室へ向かった。

「……はあ、どうするか」

夕暮れの光で満ちるカメラ部の部室。

パイプ椅子に座り、長テーブルに突っ伏す彩人は悩んでいた。

「先輩、どうかしたんですか？　今晩読むエッチな本のことで悩んでいるんですか？」

「そうなんだ。A子ちゃんにするか、B子ちゃんにするか。それが問題……なわけないから！　聖花《せいか》と奈々枝に撮らせてもらったおっぱい写真のことだよ！」

「……どっちも変わらない気が」

雪希《ゆき》の冷ややかな視線を受けながら、彩人は二枚の写真を見る。

そこに写っている聖花と奈々枝。そして、おっぱいは……やはり、美しい。

無事に学園が誇る美少女のおっぱいを撮れた彩人だったが、新たな問題に直面していた。

「できれば、学内ネットで公開するか、次の学内コンテストに出展したいんだけど……許可をもらうのは難しいだろうな……と思ってな」

聖花はもちろんのこと、奈々枝もあれで恥ずかしがり屋な一面があるので、大勢の目に晒《さら》されることに抵抗を感じるだろう。というか、それが普通だ。

「意外とまともなんですね」

「意外とは余計！」

反論する彩人だが、悲しいことに日頃の行いの結果だった。

「俺は、おっぱい写真を芸術として認めて欲しい。そのためには、多くの人に作品を見てもらう必要がある」

しかし、そこには問題がある。モデル側の許可が必要という点だ。

「それに、おっぱい写真の認知度をあげれば、他にもおっぱいを撮らせてくれる子が見つかるかもしれないと思ったんだが……やっぱり、難しいだろうな」

彩人の目的は、最高のおっぱい写真を撮ること。そのためにはやはり、おっぱいを撮って撮って撮りまくり技術を磨くのが一番。

しかし、事はおっぱい。幼馴染《おさななじみ》の聖花、中学からの同級生で気心の知れた奈々枝ですら、あれだけの苦労をしたのだ。それなのに、初対面の女の子に「お前のおっぱいを撮らせてくれ！」などと言ったら、そのまま刑務所コース確定だ。高校生で前科持ちはいやだ。

「いくら芸術のためとは言え……見知らぬ大勢に注目されてしまうのは、やはり恥ずかしいものだと思いますよ」

「そうだよな～。ああ、どうすれば……」

もちろん、聖花と奈々枝の気持ちを無視して事に及ぶつもりはない。

彩人としても、芸術作品としておっぱい写真を世に送り出すのであって、エッチ目的だけで聖花と奈々枝のおっぱいに視線を向けられることには抵抗がある。

美しさには、エロも含まれる。エロは美であり、芸術だ。それは彩人の持論でもある。

しかしできれば、おっぱいを芸術として見て欲しい。エッチな目的だけで見て欲しくない。でも、同じ男として気持ちがわかりすぎる。

「……どうすれば、みんなに聖花と奈々枝《ななえ》のおっぱいを見てもらえるんだ？」

まさに、二律背反。彩人は本気で頭を抱えていた。

ガラ……。その時、カメラ部の部室の扉が開かれた。

「あ、静先生」

彩人が顔をあげて雪希も顔を向ける。部活の顧問は運動系でもない限り、あまり顔を出さないのが普通だ。けれど、生徒想《おも》いの静はこうしてちょくちょく様子を見に来てくれる。

「……」

が、今日の静はいつもと雰囲気が違っていた。いつもならにこやかな挨拶をしてくれるのに、今は無言のまま立ち尽くしている。

いったい、どうしたんだろう？　と彩人は首を傾《かし》げた。

「……神崎くん」

「は、はい」

静のただならぬ雰囲気に、彩人はビビる。

「今の話は本当ですか？」

「……え？」

静は彩人をまっすぐに見つめる。

その頬はわずかに上気し、目じりには涙が浮かんでいた。

「清花院さんと風見さんのおっぱいを、全校生徒に晒すというのはっ？」

「誤解です！」

どうやら、静は扉の前で彩人の言葉を聞いていたらしい。

たしかにそんな内容のことは話していたが、かなりの誤解が含まれている。

「見損ないました！　神崎《かんざき》くん！　まさかあなたがそんな人だったなんて！」

悲しいことに、噂は本当だった。信じていた分、裏切られた時の傷は深い。

「だから誤解です！　話を聞いてください、先生！」

「神崎くん！」

問答無用。つかつかと凄《すさ》まじいスピードで歩み寄り、思わずパイプ椅子から立ち上がった彩人を壁際まで追い詰めた静は、バン！　と、彩人に壁ドンをした。

「神崎くん。とても大切な話があります。先生の目を見てください」

「可愛《かわい》い顔が近すぎる！」

静はとても生徒想いの先生だ。

しかし、あまりにも純粋で天然も入っているため、思い込みが激しいという欠点がある。

生徒のために無理をしたり、こんな風に誤解で突っ走ったりしてしまうこともしばしば。

「いいですか、神崎くん。あなたは健全な男子高校生なんですから、そういうことに興味があるのはわかります。ですが、同級生の女の子のおっぱいを全校生徒に晒そうとするなんて、間違っています！」

いい香りがする。心拍数があがる。そして、さっきから先生の巨乳がちょんちょん俺の胸をつついてる！　柔らけえええええ！　て、そんなこと言っている場合じゃない！

「だから、誤解なんです！　俺はただ、最高のおっぱい写真が撮りたいだけなんです！」

美人巨乳教師の色香で乱れる頭を必死で回し、彩人は弁明する。

「……おっぱい写真っ？　あなた、なんてものを撮ろうとしているのっ？」

「言われてみればそのとおりだよ、ちくしょおおお！」

正義は完全に先生の方にあった。改めて思うが、自分の夢は難しすぎる。

「あの、先生」

と、その時。ずっと事態を静観していた雪希が手をあげた。

「おっぱいは、芸術ですよ」

「「え」」

雪希の言葉に、彩人と静《しずか》がハモる。

「先輩は、芸術作品としておっぱいを撮ろうとしているんです」

「げ、芸術……？」

雪希の言葉で、わずかに静の勢いが弱まる。すかさず、彩人は自分の気持ちを伝えた。

「静先生。俺は、カメラで最高の美を表現したいと思っています。そして俺にとって、この世界で一番美しいと思える存在が、おっぱいなんです」

「……神崎くん、あなたは何を言っているの？」

当然ながら、静は彩人《あやと》の言葉が理解できない。

「あなたには、物凄《ものすご》い才能があるのよ。その才能を、思春期の衝動で棒に振っては駄目よ！」

「せ、先生」

「あなたの風景写真は、本当に素晴らしい！　入賞もしています！　だから、おっぱいなんて撮ってる場合じゃないのよ！　その才能を、ちゃんとしたことに活《い》かしなさい！」

――その言葉は、彩人の心に突き刺さり……そして、彩人に覚悟を決めさせた。

「……先生、おっぱいの後ろに『なんて』なんて言葉は、絶対につきません」

「か、神崎くん？」

彩人の雰囲気が変わったことで、静は少しだけおじけづく。

静は才能とは特別な人にだけ与えられるものと考えている。凡人がどれだけ努力を重ねても届かないもの……それが才能だと。

けれど、彩人にとって才能という言葉はその人の個性を表すもの。選ばれた人だけが持っているものではなく、誰もが持っているもの。そしておっぱいこそが、彩人にとっての個性。

だから彩人は、自分の決意を込めて言葉にする。

「それに、才能とおっぱいなら、俺はおっぱいをとります」

「――」

静の心にさらなる衝撃の波が押し寄せる。その瞳に静は彩人の決意を見てしまった。彼がどれだけ真剣なのか、わかってしまった。……静は二の句が継げなくなり、言葉を失う。

そんな静に、雪希がさらに言葉をかけた。

「先生。もしよかったら、先輩の撮ったおっぱい写真を見てもらえませんか？――先生がモデルになって」

「「へ」」

「わたしは先輩を見てきました。先輩は本当に、真剣に芸術としておっぱいを撮りたがっているんです。実際に写真を見てもらえば、先生にもわかってもらえると思います」

「で、でも、いくらなんでもそれは……っ？　し、白宮《しらみや》さんっ？」

そこで、静は大慌てで声をあげる。

なぜなら、雪希の美しい瞳からぽろぽろと清らかな涙が零《こぼ》れ落ちたからだ。

「先生。生徒のやりたいことに全力で向き合うのが、教師じゃないでしょうか？」

「――」

涙で揺り動かされていた静の心が、その言葉の直撃を受けてさらに揺さぶられる。

「ひっく……わたしは、知っています。静先生が、生徒想いの優しい先生だって」

「どうか、おっぱいにとらわれずに、純粋な目で先輩を見てあげてください。……お願いします」

「……」

「――」

止《とど》めの一言が静を襲う。雪希の言葉は、純粋な静の心を貫いてしまった。

（助手――――――――――――！）

そして、突然始まった事態に彩人は心の中で大絶叫！

なぜなら、雪希が演技していることが彩人にはわかっているからだ。演技派な後輩は、どうやら自由に涙を流せる術《すべ》も心得ているらしい。しかしだからといって、ここまでしてくれるとは！　雪希の助手魂に彩人は感動すら覚えたが、はっとなってすぐに我に返る。

「いやいやいや、助手！　いくらなんでもそれは無茶だ！」

どういうわけか、雪希は彩人に静のおっぱい写真を撮らせてくれようとしているみたいだが、それはさすがにやばい。

「先輩、本当にそれでいいんですか？……美人巨乳教師のおっぱいを撮るチャンスを逃しても？」

っ！――雪希の言葉で、彩人の脳内に妄想が広がる。

『神崎くん♡』

スーツを脱ぎ捨てる静先生。

『か・ん・ざ・き・くん♡』

とんでもないエロ下着でエロいポーズをとってくれる静先生。

「……そ、そうだな。まあ、やっぱり撮ってもいいかないやいや駄目だろ！」

はっきり言って静のおっぱいは、聖花《せいか》と奈々枝に負けないくらいに立派で美しいもので、撮りたいかと言われれば撮りたいに決まっているが、彩人は生徒で静は教師。

生徒が教師のおっぱいを撮ったら大問題である。

……まあ、そのことは、静先生もわかっているだろうから断るだろうけれど、さすがに静先生も怒るんじゃ——あれ？　美人教師に怒ってもらえるの？　ご褒美じゃない？

「……そうね、そのとおりだわ！」

「あれっ？　先生っ？」

当然断られる——そう思って静に怒られる未来を妄想していた彩人は静の言葉に驚く。

静は雪希《ゆき》の手をとり、瞳をまっすぐ見つめながら真剣な表情を浮かべていた。

「生徒が真剣に取り組んでいることを頭から否定するなんてしてはいけない！　教師なら、それがどんなことでも真正面から向き合わないと！　神崎くん！」

「はい！」

勢いよく振り向いた静に、彩人はびくっとなって返事をする。静は興奮した様子で握りこぶしを作りながら、まっすぐな瞳で信じられないことを叫んだ。

「神崎くん、先生のおっぱいを撮りなさい！　あなたの気持ちが本当かどうか、先生がモデルになって、しっかりと見極めてあげます！」

「……」

彩人は固まる。

静は、本当に優しくて真面目で生徒想いの先生だ。反面、生徒を想いすぎて無理や暴走をすることもしばしば。今回は雪希の涙（演技）によってそこが触発されてしまったのだろう。今にも泣きそうな表情で感激している静の瞳はガチだ。うん、改めてこう思う。

……この先生、ピュアすぎるうううううっ！

ふと見れば、雪希が親指を立ててぐっとやっていた。ありがとう、助手！　よくやった！——て、素直に喜べるか！　教師のおっぱい撮っていいのっ？　あとで問題にならないっ？　てか、ホントにこのまま撮るのっ？

静のおっぱいを撮れることになり、喜びと不安が同時に押し寄せる彩人だった。

「……本当に、来てしまった」

あの部室でのひと騒動の後、彩人と雪希は静の自宅へと来ていた。静は実家住まいらしく、なかなかいい一軒家に住んでいた。家族は留守で、今この家にいるのは彩人と雪希、静の三人だけ。そして、彩人はこれから静のおっぱいを撮る。

……物凄くイケないことをしている気がするんだが、気のせいか？

「助手、これどうなんっ？　一生徒が一教師の自宅に上がっていいのかっ？」

「おまけにおっぱい写真を撮りに来てますもんね」

「アウトじゃねっ？　やっぱりこれ、アウトじゃねっ？」

「こうなった以上、やるしかありません。……誰にも見られない内に」

「だから、アウトじゃねっ？」

静は準備があるとかで別の部屋へ行っている。彩人と雪希は静の部屋で待機していた。

「先輩、落ち着いてください。そんなに慌てなくても大丈夫ですよ」

美人教師の部屋。

うさぎやくまのぬいぐるみがあったり、カーテンは花柄、カーペットや壁紙は淡い桃色で統一されていたりと、ファンシーな空間。どうやら静は少女趣味らしい。

雪希はうさぎのぬいぐるみの頭を撫《な》でながら、なんでもないことのように言う。

「静先生も家に帰れば一人の女性です。ここから先はプライベート。先輩はそんな一人の女性の写真を撮るだけなんですから、何の問題もありません」

「そ、そうなのかな？」

そんなわけないと思うが、自信たっぷりに断言されるとそんな気もしてくる。そ、そうだな。案外、そんな騒ぐことじゃないのかもしれない。

「ただし、先輩」

そこで、雪希は白い人差し指を口元へと持っていく。

「このことは、絶対に誰にも言ってはいけません」

「うん！　だからそれって、つまりっ？」

やっぱり、やべえことじゃねえか！

「静先生が本当にオーケーしてくれるとは思ってませんでした。驚きです。……正直わたしも今、ここからどうすればいいのかかなり困っています」

「おおおおおおいっ！」

頼みの綱兼元凶である後輩ちゃんが本気で困っている。

彩人は計り知れない焦りを覚えた。やっぱり駄目だ！　今すぐ帰ろう！

しかし彩人がそう決めた時、部屋の扉が開いた。どうやら、静が戻ってきたらしい。

「お待たせ。神崎《かんざき》くん、白宮さん」

か、かわいい……！！！

その瞬間、彩人はハートを撃ち抜かれた。白のニットセーターに、薄桃色のフレアスカート。静はスーツ姿から可愛《かわい》らしい私服へと着替えていた。

さっき、箪笥《たんす》から服を取り出して別室へ行っていたが、やはり着替えていたのか。

女性教師の私服姿を見るというのは初めての経験だが、普段はスーツでびしっと決めている姿を見ている分、そのギャップから生じる感動にはクルものがあった。

おまけに、静の胸の大きさとラインがはっきりと強調されてもうたまらん！

「先輩、鼻の下が伸びてますよ」

「い、いや、そんなことはない！」

「ついでに、目の下と耳の下と口の下も伸びてます」

「そんなにいっぱい伸びるか！」

　じゃれあいながら会話をする彩人と雪希に向け、私服姿の静《しずか》は言う。

「今日はちょうど両親がいない日だから、気兼ねなくおっぱいを撮らせてあげられるわ」

「説明が官能的すぎる！」

　正直なことを言うと、静先生のお宅訪問をしてお茶をいただいたら帰る的なコースが希望だった。もちろん、静先生のおっぱいは撮りたいけども！

「……先生、くまのぬいぐるみ好きなんですか？」

　彩人は現実逃避でベッドに鎮座するくまのぬいぐるみを話題にする。

　と、静の顔がかああと赤くなる。

「そ、それは、妹の！」

　妹のぬいぐるみがなぜ先生のベッドに……。てか、先生、妹いるの？

「そんなことより、神崎くん！　早く始めましょう！」

「あ、はい。わかりまし——たっ？」

　こうなった以上はしかたない。

　とにもかくにも早めに写真を撮って終わらせた方が安全だと彩人は考え直す。

今後の自分の進退が関わっているとは言え、正直静先生のおっぱい写真（しかも、可愛い私服姿）が撮れるなんてラッキーだ……と思っている彩人《あやと》の目の前で、静は突然服を脱ぎ始めた。それはもう勢いよく脱ぎ脱ぎと！

「っ？　ちょっ、何やってるんですか！　静先生！」

どゆことっ？　この人まさか全裸になる気か！　期待と驚き九割、心配一割で見守っている彩人の前で、静は最後の服をばっと脱ぎ捨てた！

「さあ、神崎くん。撮りなさい！　わたしのおっぱいを！」

「ぐはぁああっ」

その瞬間、彩人は悲鳴をあげながら吹き飛んだ。それは、無理もないことだった。なぜなら、突如現れたのは――超絶エロいグラビアアイドルだったからだ。

水着。たわわに実ったおっぱい。どこからどう見ても完全無欠のグラビアアイドル。なんなら、このまま青年誌の表紙を飾れそうだ。

普段はスーツで押さえられているおっぱいが解放され、水着のわずかな布では到底隠し切れない肌色が太陽の光のごとく彩人の心を蹂躙《じゅうりん》する。

な、なんて健康的な肌。整えられたプロポーション。静先生、マジでこのままグラビアアイドルになれる。また、教師というブランドがさらに魅力に拍車をかけ、際限なく彩人を苛《さいな》む。さらにさらに、緊張のためか頬がわずかに紅潮し恥じらっている姿も最高。

だ、駄目だ。この先生、美人すぎる……。てか、待って。なんでこんなことに……？

「し、静先生……なにやってんですか？」

かろうじて意識を繋《つな》ぎとめた彩人は、どうにか問いただす。

普通に私服姿を撮るかと思いきや、まさかのグラビアアイドル。

気を抜けば、一瞬で意識を持っていかれるほどの美とエロスがあった。

「な、何って、おっぱい写真ってこういうのでしょう？」

当然、静も恥ずかしい。頬を染めている様子がまたエロかった。

「清花院《せいかいん》さんと風見《かざみ》さんのおっぱいもこんな風に撮ったのよね？」

そういえば、聖花と奈々枝《ななえ》の写真をちゃんと見せていなかった。

なので、静は思い込みで美しすぎる美人教師グラドルになってしまったようだ。

どうやら静の中では、おっぱい写真＝グラドルの写真らしい。

だとしても、生徒のためにここまでやるかっ？　ある意味、最高の先生だよ！

「さあ、早く撮りなさい。神崎くん」

「ちょ、ちょっと待ってください」

あまりにも美しすぎてエロすぎて、直視できない。彩人の精神ではとても耐えられないレベルの美とエロス。……あ、これ、どうすることもできないわ。てか、見ることすらできないわ。気を抜いたら気絶するわ……と彩人は一気に追い詰められた。

「あの、先生」

「な、なにかしら、白宮《しらみや》さん？」

このままでは彩人は静のおっぱい写真を撮れない……そう悟った雪希は、助け舟を出す。

「準備体操をした方がいいと思います」

「準備体操？　え、写真を撮られるだけなのに？」

「はい。モデルの方が撮影前に準備体操をするのは常識です。撮影中に怪我《けが》をしないためにもした方がいいと思います」

「わ、わかったわ。それじゃあ」

真顔ですらすらと嘘《うそ》を言う雪希に、純粋な静は騙《だま》されてしまう。

「いち、に、さん、し」

ぷるん♡　ぷるん、ぷるるん♡

「ご、ろく、しち、はち……」

ぷる、ぷる、ぷるる♪

「ごはっ、ぐはっ、ぐはああっ！」

彩人の精神に怒濤《どとう》のダメージが連続で押し寄せる。

「ぴょん、ぴょん、飛び跳ねるのもした方がいいと思います」

「え、えと、こうかしら」

ぴょん、ぴょん、ぴょん！

ぼいん、ばいん、たゆん！

「ぐはあああああああああああああ！」

駄目押しの一撃。彩人の精神は、肉体と共に激しく吹き飛んだ。

ぴくぴくと痙攣《けいれん》しながら倒れている彩人に、雪希《ゆき》が尋ねた。

「先輩、心の準備運動はできましたか？」

「できすぎたよ！　ありがとよ！」

あまりにも激しい刺激に晒《さら》されて免疫ができたのか、どうにかグラドル先生を直視できるようになっていた。

「さて、いつまでもビビってられねえ！　やるか！」

「はい、先輩。ロープです」

立ち上がって気合いを入れる彩人に、雪希はロープを差し出した。

「おお、ありがとう！　げっへっへっ、このロープで……て、いらねえよこんなロープ！　何に使うんだよ一体！　助手は俺に何をさせる気なんだ！」

彩人はロープを床に叩《たた》きつけてから仕切りなおす。

「それじゃあ、静先生。撮ります。……でも、その前に」

「え、なにかしら？」

カメラを構えながら、彩人は真顔で静に話しかける。

「先生、知らない人についていっちゃ駄目ですよ？」

「え。小学校低学年で教わるようなことをどうして今わたしに？」

「あと、ご利益のある壺《つぼ》とか買っちゃ駄目ですよ？」

「っ！　どうしてわたしが壺を買わされちゃったことを知ってるのっ？」

「……都会を一人で歩いている時、見知らぬ男の人に『げへへ、ちょっとついてきてください』って言われたらどうしますか？」

「え。た、たぶん何か事情があると思うから、ついていくけど……」

「先生は一生この家から出ないでください」

「どうしてそんなひどいこと言うのっ？」

ショックを受けて涙目になる静。だが彩人も負けじとショックを受けている。

この先生、危うすぎない？……今まで無事でいてくれて、本当によかった。

「……とりあえず、今は目の前のおっぱいに集中しろ、俺！」

静にはあとで色々と話をするとして、今はおっぱい写真を撮る時。彩人は気持ちを落ち着けて、カメラを構える。そうしてファインダー越しに水着姿の爆乳美人教師を捉えた。

「……」

緊張気味の先生は、やはりエロい。

今の会話で涙目になっているのがさらに危ないスパイスになっている。

マジでイケないことをしている気分だ。いや、実際にイケないことだ。やはり、直視しすぎるのはあまりにも危険。早めに終わらせなければまずいことになる。色々と。

彩人は深呼吸をして、スイッチを切り替える。普通の少年からカメラマンへと。カメラを構え、グラビアアイドルをファインダーに収める（プライベートな部屋で、水着姿の美人巨乳教師を撮る――シチュエーションだけで気絶しそうだ）。

だが、ここまで真剣に向き合ってくれている静のためにも撮らなければ。

「静先生。両手を膝について、前かがみになってくれませんか？」

「え、えと、こうかしら？」

客観的に見ると大胆なポーズだが、静は言われるままにとってくれる。

――そして、生まれる奇跡。

前かがみになり両腕で挟まれたことで、美しすぎる美人教師のおっぱいがさらにボリュームを増し、谷間が強調される。白く、重量感を増すおっぱい。その姿は、まさに美。

ボリュームが増して強調されたことで、さらに破壊力が上がっている。

……やっぱり、美しい。

部屋の灯《あかり》に照らされ白く輝くおっぱいの質感。左右見事に盛り上がったおっぱいとその谷間は、それだけで芸術となる。静自身の美しさと日々の健康管理によって紡ぎ出されたプロポーションに、少し大胆な水着が加わることで奇跡の感動が押し寄せる。

そう。最初におっぱいの素晴らしさを教えてくれたのは、小学校の先生だった。

出発点となる思い出をなぞり、彩人は静にこのポーズをしてもらった。

過去の記憶と感動が蘇《よみがえ》り、高揚感が増していく。それを今再現し、写真に収めたい。

……さて、この美しさをどう表現するべきか？

静の美しい表情と、見事なおっぱいの谷間を主役に表現するのが正解だろう。

「静先生。できたら、笑顔になってもらえますか？」

「う、うん」

彩人の指示どおり、静は恥じらいながらも笑みを浮かべてくれる。

どきゅーん！　その笑顔もまた百点満点を無限に超えている！

ハートを撃ち抜かれた彩人はその場に倒れそうになるのをこらえた。

耐えろ、俺！　あとはシャッターを切るだけだ！

「……」

そこで、ふと彩人は気づいた。というか、本当にいい先生だよな。ここまでやってくれて。天然すぎて心配になるけれど。静は本当に優しくて生徒想《おも》いの先生だ。

「あの、静先生。いつも、ありがとうございます」

「神崎《かんざき》くん？」

自然と、静への感謝の言葉が溢《あふ》れていた。

「今回のことだけじゃなくて、先生は本当にいつも俺たち生徒のことを想ってくれてて
……俺も含めて、みんな、静先生には本当に感謝しています」

「……」

「俺、静先生のこと――世界で一番美しく撮ります」

「――」

まるで恋人から告白された時のように、静《しずか》の心臓が跳ねた。

全身に熱が走り、落ち着かなくなる。

――パシャ。その瞬間、彩人は躊躇《ためら》うことなくシャッターを切った。気負うことなく、最高の写真を撮れることはわかっていた。出来上がった写真をスマホに映し、静に見てもらう。

「先生、これが俺のおっぱい写真です」

「――」

そうして、静は言葉を失う。圧倒的な芸術を前にすると、人は誰しもそうなってしまう。

スマホの画面に映っているのは、静自身の姿。それも、ちょっと大胆な水着を着て、前かがみでおっぱいがこの上なく強調されているものだ。

しかしどうしてか……いやらしさを感じない。まるで、ファインダーを通して彩人が見ている時の感動をそのまま感じているような感覚。

はっきりと映し出されたおっぱいの色は、鮮やかな白。両腕に挟まれて盛り上がるおっぱいは互いにくっつきあい谷間を作る。――美しい。一目で、そう思う。理屈ではなく、素直な感性がそう訴える。おっぱいって、こんなに美しかっただろうか？

「――凄《すご》いわね。モデルのわたしをしっかりと構成の中に収めたうえで、おっぱいのこともちゃんと表現できている」

芸術だ。言葉など不要。理由を明確化する必要すらない。一目見て、わかってしまう。感じてしまう。……これが、芸術だと。

「まるで、わたしじゃないみたいね。それに、こんな表情……」

彩人《あやと》がシャッターを切る瞬間に静に伝えた言葉の影響だろうか？

驚きと恥じらいの中に、微《かす》かに喜びや幸せが混じっている。

写真の中の人が自分とは思えないほど美しく見え……おっぱいも、美しい。

「……神崎くん、認めるわ。あなたの目指すおっぱい写真は、芸術よ」

もう静の中で、彩人のおっぱい写真を否定する理由はひとつもなくなっていた。

「ごめんなさい。わたしは、あなたのことを誤解していたわ。心のどこかで、おっぱい写真に感動するはずがないって思ってた。やっぱり、才能がある人は、本当にすごいわね」

「……静先生？」

静の目じりに涙が浮かんでいることに気づいて、彩人は驚いた。

「……あ、ごめんなさい」

どうしたのだろうか？　静は突然涙を零《こぼ》し泣き始めてしまった。

しばしその様子を見守っていた彩人と雪希に、静はぽつりぽつりと話し始めた。

「実はね……わたしも、カメラマンを目指してたの。祖父の影響でね」

静は、おじいちゃん子だったらしい。

そして、カメラ好きのおじいちゃんの影響で、静もカメラを始めた。

「でもね、わたしには才能がなかった。どのコンテストでも賞がとれなかったし、そうこうする内に、就職しなければならない時期になって……教師の道を選んだの」

それは、今まで彩人が知らなかった静の人生の一端。カメラ部の部室で静が発していた才能という言葉に込められていた意味を、今さらのように思い知る。

「だから、嬉《うれ》しかったの。神崎くんが素晴らしい写真を撮ってくれることが、カメラ部の顧問になってその成長を見守れることが」

「……静先生」

静は涙をぬぐい、もう一度彩人を見た。ビキニのまま。

「先生は、神崎くんを応援するわ。難しい道かもしれないけれど、神崎くんなら、きっとできる。……おっぱい写真、頑張ってね」

励ましの言葉。それはとても嬉しいものだったけれど——彩人は、それどころじゃない。

「静先生はもう、写真は撮らないんですか？」

「……そうね」

未《いま》だグラビアアイドルなまま、静は悲し気に微笑《ほほえ》んだ。

「先生には、才能がないから。神崎くんみたいに才能のある若者の活躍を見れるだけで、十分だわ」

「——」

おっぱい写真を否定された時以上の痛みが、彩人の心を襲った。

思わず、彩人は静の両肩を摑《つか》んでいた。

「先生！」

「か、神崎くんっ？」

距離が縮まって、静の頰が紅潮する。彩人は真剣な瞳で、言った。

「俺は、人物写真が苦手でした。でも、おっぱい写真が撮りたくて克服したんです」

「……」

教え子の怖いくらいに真剣な瞳に、静は時の流れを忘れる。

「諦めなければ、夢は叶《かな》う。その言葉が真実だって、俺は信じています！」

「静先生は、俺の夢のためにここまでしてくれました！　だから俺も、静先生の力になります！　カメラのことで俺に教えられることなら、全部教えます！　だから」

彩人の気持ちが心に染みこんで、泣きたくなる。

「だから、先生——夢を、諦めないでください！」

そうして、告げられる、言葉。誰かに言って欲しかった。でも、自分ですら言うことのできなかった言葉を目の前の少年は言ってくれた。

「……神崎、くん」

いつの間にか、静の瞳に涙が溢れていた。

それは頰を伝い落ちて、豊かな谷間へと吸い込まれた。

「……まだ、諦めなくてもいいのかな」

「いいっす！　もちろんっす！」

「——っ」

諦めていた夢。蓋をしていた気持ちが、今、あふれかえる。

「……ありがとう、神崎くん」

涙を零しながら、けれど希望を取り戻した顔で、静は彩人を見つめた。

「わたし——」

ガチャ。と、その時、静の部屋の扉が開いた。

「お姉ちゃ～ん。ただいま～。お腹空《なかす》いたよ～。一緒に何か作ろ～……え」

開いた扉から、清風《きよかぜ》学園の制服に身を包んだ少女が入ってきた。

そして、目の前の光景に凍りついた。

「……お、お姉ちゃん？」

彩玉春香《さいたまはるか》。清風学園の高等部一年。静の実の妹だけあって、とても可愛《かわい》らしい。

静先生が高校生の頃はこんな風だったのかな～という感じ。

そんな春香はこの状況を前に、大いに混乱していた。

「な、なにしてる、の？」

あれ？　お姉ちゃんが水着？　なんで、自宅で水着？　ていうか、男子？　なんで男子がいるの？　なんでカメラ持ってるの？　え、どういうこと——。

「――あ」

雪希《ゆき》も動揺していたのだろう。静のおっぱい写真が表示されたままのスマホを手から落としてしまう。床を跳ねたスマホは、まるで見てくださいと言わんばかりに春香の目の前まで転がった。その画面を見た瞬間、春香の脳内は爆発する。

（お、おっぱいいいいいいいいいいいいいいいいいい！）

お姉ちゃん、綺麗《きれい》！……じゃなくて！　おっぱ、こんなエッチな、え、何この写真！　え、誰が撮ったのっ？　まさかっ！　写真を見て凍り付いていた春香は……やがて、ぎぎぎとロボットのようなぎこちない動きで静と彩人に視線を戻す。

びくっと静と彩人が身体《からだ》を震わせる前で、春香は状況を整理する。

一、姉がエッチな水着姿でエッチな写真を撮られていた。

二、水着姿の姉は男子生徒に両肩を摑まれ、今にもキスされそうになっている。

三、姉は、涙目。

結論　――あ、そっか。これ、事案だ。

「お姉ちゃんが、エッチな水着姿で男子に写真撮られてるうううう！」

「違うの！　春香！」

「しかも、キスしようとしてるううううううう！」

「してない！　してないからあああ！」

春香は大絶叫！　静は大混乱！

彩玉姉妹が目の前で騒ぎ出し、彩人は混乱のるつぼへ叩《たた》き込まれる。

「うおお、やべえ！　助手！　どうしよう！」

「では、わたしはこの辺で」

「逃げるなあああ！」

その後。彩人と雪希、そして静は正座させられ、春香による一時間以上ものお説教を喰《く》らった。彩人は春香に土下座をして、涙ながらに謝ったのだった。

「マジで、すんませんしたああああああああああああっ」

5枚目 ■ 後輩ちゃんにカメラを教える話

「あの、先輩。よかったら、今度の日曜日、デートしませんか？」

いつもの放課後。カメラ部の部室で、雪希がそんなことを言ってきた。

「おお、いいぞ」

彩人はカメラの手入れをしながら、何の気なしに返事をする。集中するあまり『助手が何か頼んでる→別にオーケー』くらいの条件反射で答えてしまった。

しかし、徐々に雪希の言葉が染み込み理解した瞬間、がばっと顔をあげた。そこには、いつもの無表情な後輩の姿がある。

えええええええええええっ？

え、なにっ？　どゆことっ？　なんで俺いきなりデートに誘われてんのっ？

え、なんで、いきなりっ？　え、助手、俺のこと好きなのっ？

いや、待って、そもそも、デートって何っ？　恋人同士で行くものだよねっ？

それとも、恋愛抜きで男女で普通に遊びに行くのもデートになるのっ？

いや、幼馴染《おさなじみ》の聖花《せいか》とそんな感じで買い物とかは行ったことあるけどっ！

え、助手はそういう意味で言っているだけなのっ？　それとも、これ告白っ？

恋愛経験まるでないんですけどっ！　俺、どうすればいいのっ？

「カメラについて教えて欲しいんです」

「……カメラ？」

ぴた、と彩人の動揺が止まる。

「はい。先輩が撮っているのを見ている内に、自分もカメラに興味が出てきて」

「あ、あー、そういうこと」

なんだよ、ちくしょおおお！　デートってそういう意味かっ！　ただの部活的なあれかよっ！　勘違いしそうになっちまったよ！　ていうか、そうだよ！　おっぱい写真に夢中になりすぎて、大切な後輩にカメラのことを教えてなかったよ！

「わたしでも、写真が撮れますかね？」

「おお、もちろんだ」

この後輩、「今は先輩のお手伝いでいいです」と入部以来彩人の手伝いばかりで全然写真を撮らないものだから、なんのために入部してきたのかと思っていたが……今は、カメラに興味を持ってくれているようだ。

なら先輩として、カメラマンを目指すものとして、色々教えてあげたいと彩人は思った。

「ありがとうございます、先輩」

わずかに微笑みながらお礼を言う雪希を見て、彩人はなんだかわくわくしてきた。

「その日は、助手用にカメラをもう一台持っていくよ」

彩人はカメラが好きだ。だから、そのカメラに興味を持ってもらえてすごく嬉しい。

デートという言葉でわちゃわちゃしていた心はすっかり落ち着き、何をどんな風に教えてあげようかな～と気分が上がっていた。

そんなわけで今度の日曜日、彩人《あやと》は雪希と部活動《デート》をすることになった。


「なあ、いいじゃん」

「俺らと遊ぼうぜ」

そして、約束の日曜日。待ち合わせ場所である駅前にいる雪希は――ナンパされていた。

ワンピースにカーディガン。白く小さな手にカゴバッグを提げ、サンダルを履いている。

銀色の髪にはいつものアクセリボンが揺れていた。

元々、雪の妖精と呼ばれるほどに素材のよい雪希。その上で彩人との部活《デート》のためにお洒落《しゃれ》をしているものだから、今の雪希は人目を引くほどの美貌を放っている。

そのため、その魅力につられた悪い虫が寄ってきてしまった。先程から断っているのに不良たちはしつこく声をかけ続け、雪希はしだいに怖くなり、目じりに涙を浮かべていた。

「お巡りさん、こっちです！」

――その時、少年の声が響いた。雪希が顔をあげると、そこには彩人がいた。

待ち合わせ時間にはまだ少し早い。どうやら早めに来てくれたようだ。

「お前ら、その子を離せ！　もうすぐ警察がここに来る！」

彩人はそう叫ぶが、不良たちは機嫌を悪くするだけだ。

「ああ？　なんだ、てめえ？」

「んな都合よく警察が来るわけねえだろうがっ」

怒った不良の一人が、彩人の胸ぐらを摑もうと手を伸ばした。


「貴様！　そこを動くな！」


「「っ」」

怒気を孕《はら》んだ声に顔を向ければ、少し離れた場所に警察官の姿があった。

警察官は全力でこちらへ向かってくる。

「うそだろっ！　マジで警察が来やがった！」

「くそっ！　逃げるぞ！」

警察官の姿を認めた不良たちは、蜘蛛《くも》の子を散らすように逃げ出した。

「大丈夫だったか、助手？　悪い、もっと早く来るべきだった」

「……先輩」

安心と嬉《うれ》しさで、雪希は泣きそうになってしまう。

「けど、悪いんだけど、もう少しここで待っててくれるか？　ごめん！」

言うやいなや、彩人は全力で駆け出した。

呆然《ぼうぜん》とする雪希の前を、警察官がものすごい勢いで通りすぎた。

「待て！　この盗撮魔がっ！」

「だから、誤解なんですって！　いい加減、信じてくださいよおおお！」

どうやら、警察官に追いかけられていたのは彩人だったらしい。

「――ぜーはー！　ぜーはー！」

それから数分後、彩人は雪希の待つ場所へ帰ってきた。

「す、すまん、助手。待たせた」

「いえ、大丈夫ですか、先輩」

彩人は息も絶え絶えだ。壮絶な追いかけっこだったらしい。

「それで、その、先輩……」

「ん、なんだ？」

「盗撮したんですか？」

「してねえ！」

雪希にまで誤解されてはたまらないので、彩人は事情を説明する。

デートの待ち合わせ前。少し早く家を出た彩人は、駅の近くで風景写真を撮っていた。

「お、ここいいな」

と、カメラを構えた時。運悪く女子大生が二人、画面の中に入ってきてしまう。

ベストなスタイルで風景をとらえていた彩人は、女子大生が通り過ぎるまで待つことにした。しかし、女子大生が画面の中央まで来た時、一陣の風が吹いた。

「きゃ」

「うおっ？」

パシャ！　風で女子大生のスカートがめくれあがり、驚いた彩人は思わずシャッターを切ってしまう。シャッター音を聞いた女子大生二人は彩人を見て、悲鳴をあげた。

「「きゃー！」」

「どうしましたっ？」

と、そこへタイミング悪く巡回中の警察官が悲鳴を聞きつけて来てしまった。

「あの男の子が、風でめくれたスカートを撮ったんです！」

「なんだとっ？　許せん！」

「誤解だあああああああ！」

そうして、彩人は脱兎《だっと》のごとく逃げ出し……今に至る。

「なるほど、話はわかりました。先輩が撮ってしまった写真を見せてもらえますか？」

「え、あ、ああ、そうだな。ちゃんと消さないとな」

カメラを操作して件《くだん》の写真を映し出す。すると、ブレブレであらぬ方向を撮った画像があった。どうやら、彩人は女子大生を撮っていなかったらしい。

「この写真を持って警察官のところへ行きましょう。ちゃんと誤解を解いた方がいいです」

「え、マジか？」

「はい。できれば、その女子大生の方たちにもちゃんと話をしましょう。わたしも一緒に行けば、ちゃんと話を聞いてくれるはずです」

そんなわけで、まだ近くで彩人を捜していた警察官を見つけ、事情を説明した。そして、件の場所へ行ったところまだ女子大生もいてくれて、ちゃんと話をすることができた。

彩人は頭を下げて謝り、女子大生と警察官はちゃんと許してくれた。

「……ありがとな、助手。ちゃんと話ができて、すっきりしたわ」

「はい。女子大生の方たちも、安心できたと思います。……それに」

「？」

「それに、先輩が誤解されたままなのは、わたしもいやなので」

「――」

嬉しい。照れる。予想もしない言葉に、彩人は困ってしまう。

なので、ごまかすように雪希《ゆき》を促す。

「その、じゃあ、行くか……デート」

「はい♪　ちゃんとエスコートしてね、お兄ちゃん♪」

「可愛《かわい》いいいいい！……じゃなくて！　心の動揺が半端ないから、いきなり演技するのやめてっ？」

今日の雪希は、いつにもまして可愛い。普段制服姿しか見ていないから私服姿はとても新鮮だ。どさくさでリアクションできなかったが、一目見た時から彩人は雪希の可愛さに感激していた。なのに、可愛い妹演技までされては魂が消し飛びかねない。

とりあえず、いつものように突然キャラを演じてからかってくる後輩と共に、彩人は人生初のデートへと向かった。


目的地は、駅から歩いて二十分ほどの距離にあるサザンビーチちがさき海水浴場。

その道すがら、彩人は雪希に一台のカメラを手渡した。

「ほい、助手」

「……借りていいんですか？」

「ああ。やっぱり、デジイチで撮った方がいいと思ってさ」

彩人の家には、父親の物置——通称、『カメラ部屋』がある。

そこにはカメラの本体や機材、風景の写真集などがしまい込まれている。

国際電話で父親に連絡を取ったら、「好きに使っていい」とのことだったので、雪希にも扱えるような初心者向きのデジタル一眼レフカメラを借りてきた。

「ありがとうございます。一応、デジカメをお父さんから借りてきたんですけど」

言いながら、雪希はコンパクトデジタルカメラを見せる。

「もちろんコンデジでもいいんだけど、個人的にはデジイチの方がおすすめでさ」

「やっぱり、デジイチ？　の方がよく撮れるんですか？」

雪希がきょとんと首を傾《かし》げたので、彩人は内心「なにその角度、かわええ！」となりながら答える。

「そうだな。このカメラだとレンズ交換ができる。広角レンズとか望遠レンズとか色々な種類があってさ、自分の撮りたい被写体や状況に応じてレンズを換えることで、表現の幅が広がるんだ」

自分の好きなカメラの話題なので、彩人は流暢《りゅうちょう》に語る。

「ま、最近はミラーレスが主流だし、コンデジやスマホのカメラの性能もどんどん上がってるんだけどさ。……昔から使ってるせいか、やっぱこのカメラが一番よく感じるんだよな」

「そうなんですね」

「……まあ、細かいことはおいおい覚えていけばいいよ。とりあえずは、好きなように撮って楽しむのが一番だ」

初心者の雪希に一気に説明すると敬遠されてしまうかもと思い、さらっと説明を終える。

「わかりました」

「今はそのカメラを貸している感じだけど、近いうちに助手が自分で使いたいと思うカメラを買おう」

デジタル一眼レフカメラの場合、カメラ本体とレンズは別売りになっている。値段の関係もあるので、初心者の雪希がカメラを買う場合は、カメラ本体とレンズがセットになったレンズキットの方がお得だ。

「でも、けっこうお高いんですよね？」

「まあ部費もあるし、足りない分は静《しずか》先生に許可をもらってバイトでもすればいいだろ。SDカードとかカメラケースとか三脚とか、他にも必要なものはあるけど……ウチのカメラ部屋に使ってないのがあるから、それをあげるよ」

「……すいません、先輩。なにからなにまで」

「いや、助手がカメラ始めてくれるのが嬉しくてさ。だから、気にしないでくれ」

今日の予定は、雪希の希望で海での撮影会。

二人は並んで歩いて、海へ向かった。


そこは、海の目の前にあるカフェ。長年この土地で地元の人たちに親しまれてきた老舗で、オープンテラスもあり、開放的な気分で海を眺めながらコーヒーを楽しめると評判。

海での撮影の前に、まずはそこで基礎講座をすることにした。

「お待たせしました」

若い女性の店員さんが、注文した商品を丁寧に運んでくれる。

彩人が氷の入ったオレンジジュースで、雪希がコーヒー。

ラテアートの施されたそのコーヒーは、見ているだけで楽しめるものだった。

「先輩って、コーヒーは飲まないんですか？」

「ああ。飲まないっていうか、飲めない。ジュースが一番好き」

「……お子ちゃまですね」

「いいじゃん！　まだ高二だし！」

彩人《あやと》は雪希の頼んだコーヒーに目を向けた。きめ細かに泡立てられたミルクの上で、葉っぱが連続して輪を描いているようなそれは、ハートマークの繋《つな》がりらしい。

「ラテアートって、やっぱいいよな。思わず撮りたくなる」

「よくラテアートされたコーヒーを撮っている写真がありますね」

「そうだな。ちょうどいいから、このラテアートで練習してみるか」

そうして彩人は、カメラ講義を始めた。

彩人の言葉で、雪希の視線がラテアートへ移動する。

「まずは、ボケ写真を撮ってみるか。助手に貸したカメラは、絞りを自分で調整するモードにしてあるから、F値を変えて背景をボカすことができる」

「F値って、なんですか？」

「カメラが取り込む光の量を数値化したものだよ。F値が小さいほど、背景をボカすことができる。ちなみに、レンズによって調整できるF値は変わる」

「……F値の操作はどうやれば？」

「シャッターボタンの手前にダイヤルがあるから、それを回せばF値を調整できる」

ためしにダイヤルを回してみると、カメラの液晶部分に示されるF値が変わった。

「撮る時はシャッターボタンを半押しして、被写体にピントを合わせてからな」

雪希は椅子に座ったまま、ファインダー越しに横からラテアートを見る。

言われたとおり半押しすると、ラテアートにピントが合う。そうしてシャッターを切ると、パシャリとシャッター音が鳴った。

雪希はすぐに液晶を見る。そこには、はっきり映るラテアートと、背景であるテーブルや椅子がボケている様子が表示されていた。

今度はF値を大きくして同じように撮ってみる。すると、今度は背景のテーブルや椅子がさっきよりもはっきりと映っていた。

「これがボケ写真なんですね」

ささやかだけど、なんとも言えない嬉《うれ》しさがじんわりと雪希の心に広がる。

「あと、カメラを撮る時の基本として『構図』っていうのがあってさ」

構図とは、写真を撮る時に被写体の位置を決めるための目安のこと。

日の丸構図、三分割構図、対角線構図など様々な種類がある。

これによって、写真の仕上がりに大きな違いが生まれる。

「助手に貸したカメラで……こうすると」

彩人が雪希の持つカメラを操作すると液晶画面が切り替わり、景色が表示された。そして画面にはグリッド線が走っている。

「ファインダー越しじゃなくても、液晶で撮りたい景色が見れるんですね。……画面が九つのブロックに分けられていますす」

「おう。これが三分割構図の画面だ。慣れれば、脳内で景色を分割できるようになるよ。画面を縦に三分割、横に三分割した時に生まれる線の交点があるだろ？」

「はい」

「その交点に被写体を置くと、それだけで上手に写真が撮れるんだ」

「……知りませんでした」

雪希は正直、カメラマンは感性と経験だけで上手な写真を撮っていると思っていた。

「こんなやり方があったんですね」

線で九つに分割された画面を見ながら、雪希は呟《つぶや》いた。

「今は画面を縦に三分割した内の二面を使って撮ってみよう。あ、あと真上から撮るといい感じで撮れる。写真の主役であるラテアートを目立たせる感じだな」

何度も入賞経験を持つ彩人だが、今は迷いながら必死に説明している。

上手に写真を撮れることと、上手に写真を教えられることはまた別の技術ということが身に染みてわかる。こういうのも覚えないとな、と彩人は思った。

彩人の指示どおり、雪希は分割した内の二面にラテアート、残りの一面を木目のテーブルにして、椅子から立ち上がって真上からシャッターを切った。

パシャ――液晶画面を見ると、ネットで見るようなラテアート写真が映っていた。

「……嬉しいものなんですね。今までよりも上手に写真が撮れると」

声に、柔らかさが生まれる。

雪希はほんわりと表情を和らげ、自分で撮った写真を見つめていた。

「なら、よかった。あと、カメラの機能で色や明るさの調整もできるから、それをするともっといい写真が撮れる」

助手の様子を見るに、どうやら楽しんでくれているようだ。もっと教えたいことはあるけど今はこのくらいでいいかと思い、最後に注意点を伝える。

「それとカフェとかで撮影する時は、周りのお客さんに配慮するのを忘れない。せっかくゆっくりしようとしているのに、隣でパシャパシャやられてたら落ち着かないからな」

「たしかに、そうですね」

雪希が店内を見回すと今は客もまばらで近くの席には誰もいない。それでも、カフェでの撮影はこのくらいにしておいた方がいいだろう。

「せっかくのコーヒーが冷めてしまいますし、そろそろいただきましょうか」

「だな」

少しだけ冷め始めたコーヒーと、少しだけ氷のとけたオレンジジュースを飲む。

雪希にはコーヒーの深い味わいが、彩人にはオレンジの爽やかな味が広がる。

「……美味《おい》しいですね」

「ああ」

潮風と波の音。

お洒落《しやれ》な店内にかかる音楽に身を委ね、ゆっくりとした時間が流れていった。

どこまでも広がる海と空。寄せては返す波の音と、身体《からだ》を撫《な》でる心地よい潮風。休憩を終えた二人は、砂浜を踏みしめ、目の前の海を感じていた。

「今度は、海を三分割構図で撮ってみるか」

「はい」

先程のカフェで教わったことを活《い》かし、雪希《ゆき》は海を撮ってみることに。

「あ、そうだ。あと、撮る時の姿勢についても教えておくよ」

「姿勢ですか？」

「おう。左手でレンズとカメラを下から支えて、右手はグリップを握る」

言われるままに、雪希はカメラの持ち方を変える。

「目がファインダーから離れすぎないようにして、両脇を締める。あとは、肩幅くらいに足を開く感じだな」

「……さっきより安定した気がします」

撮る時の姿勢も学んだ雪希は、さっきよりもいい写真が撮れそうな気がした。

ファインダー越しに海を眺め、脳内で三分割構図を描く。横に三分割した画面の内、上の三分の一に空、下の三分の二に海を入れてみた。さっきのラテアートの撮影を参考にした構図だ。海を主役として撮影したので、海の存在感が強い写真となった。

「おお、うまいな。助手。やっぱり、センスあると思うぞ」

「そうですか?……あの、先輩が撮ったのも見てみたいです」

「わかった」

今度は、彩人が撮ってみる。教えている手前、情けない写真を撮るわけにはいかない。

「そうだな……たとえば、助手。そこに立ってもらえるか?」

「……はい」

言われるままに、雪希は波打ち際まで歩いて立ち止まる。

「光がイイ感じで差してきてるな……えと、恥ずかしくなければでいいんだけど、両手を組んで海に祈りを捧《ささ》げる……みたいにできるか?」

とくに抵抗することなく雪希は言われたとおりにする。波打ち際に立ち、両手を顔の前で組んで目を瞑《つぶ》り、祈りを捧げる。その際、空の雲間から光が降り注ぎ、地上を照らした。

お、ラッキーと思いながら、彩人は軽く構図を決めてシャッターを切った。

パシャ――。

「……やっぱり、すごいですね」

彩人の撮った写真を見た雪希は素直に感嘆の声を漏らす。

それは、とても幻想的な海の風景だった。

空から清らかな太陽の光が降り注ぎ、その光の中で波打ち際に佇《たたず》み、海へ祈りを捧げる少女。まるで日本ではなく、ファンタジー世界のような光景。

「撮り方には色々あってさ。こんな風に写真の中にストーリー性を持たせるのもアリなんだ」

説明しなくても、一目で写真の中にある物語がわかるように撮ること。それがコツのひとつだと彩人は笑った。

「わたしもいつか、先輩みたいな写真が撮れるようになりますかね」

「ああ、もちろん。助手はカメラを始めたばかりだからな。楽しいのは、これからだ」

「そうですか」

自然と、雪希の顔に笑みが浮かぶ。

これからのことを考えて、ちょっとだけ楽しくなったようだ。


「雪希ちゃん」


と、その時。背後から、少女の声が響いた。

彩人と雪希が後ろを振り向くと、そこには小柄な少女が立っていた。

その手からはリードが伸びていて、茶色のダックスフントがしっぽを振っている。

「雪希ちゃん、こんにちは」

犬の散歩中らしい少女は、にこやかに挨拶をしてきた。

「……ミナちゃん」

どうやら、雪希の友達のようだ。

「今日はこの海辺で撮影するって聞いてたから、来ちゃった」

柔らかい眼差《まなざ》しとウェーブを描く髪、女の子らしい華奢《きやしや》な身体にラフな普段着を纏《まと》っている。顔立ちや雰囲気から、とても優しそうな女の子だとわかった。

雪希は今日の予定を伝えてあったようで、それを聞いて犬の散歩ついでに会いに来るなんてよほど仲がいいらしい。

「先輩、ご紹介します。同じクラスの綾瀬《あやせ》湊《みなと》ちゃんです」

「はじめまして、神崎《かんざき》先輩。お話は、雪希ちゃんから色々と伺っています」

雪希に紹介された湊は、ぺこりと礼儀正しくお辞儀をしてくれる。

湊だから、ミナちゃんと呼んでいるらしい。

「そしてこちらが、変態の先輩です」

「どうも、変態の先輩ですってこらあっ！」

油断していたら、ふざけた紹介をされてしまった。

雪希にツッコむ彩人を見た湊は、口元に手をあててくすくすと笑う。

「話のとおり、仲がいいんだね」

「先輩にカメラを教えてもらってるの」

「そうなんだ」

二人の様子は、とても親し気だ。

もしかしたら、雪希が普段学校で一緒に過ごしている子なのかもしれない。

「……うん。雪希ちゃんが楽しそうでよかった。一緒に劇ができなくて残念だけど、雪希ちゃんが楽しそうにしているのが一番だもん」

湊のその言葉を聞いた雪希は、どこか悲しそうな表情を浮かべた。

「その、ごめんね。ミナちゃん」

「ううん。雪希ちゃんの人生なんだから、雪希ちゃんのしたいことをするべきだよ」

どうやら、わけありらしい。雪希が中等部の演劇部で活躍していたらしいことは知っているが、詳しい事情を知らない彩人《あやと》は黙って見ていることにする。

「あの、神崎先輩」

「お、おう」

と、思っていたら突然矛先を向けられてしまった。

初対面の年下の少女……後輩の友人ではあるが緊張してしまう。

「……正直、おっぱい撮りたがっている人のそばに雪希ちゃんがいるのは不安だったんですけど」

「まことに申し訳ありませんでしたあああっ！」

そして、おっぱい写真を目指す自分のせいで後輩の友人に心配をかけていたという事実に、彩人は思い切り頭を下げた。というか、雪希は色々とこの子に話しているらしかった。

「い、いいえっ……その、不安だったんですけど。でも、雪希ちゃんが楽しそうにしているのはわかっていましたから」

何をどう説明したらいいものかと焦っていた彩人だが、意外にも湊は好意的だ。

それどころか、湊は彩人に頭を下げた。

「だから雪希ちゃんのこと、どうぞよろしくお願いします」

「……」

この変態！　もう雪希ちゃんに近づかないで！　くらいの罵倒を予想していた彩人は、あまりの展開にぽかんとして言葉を失う。

次いで、「……この子は、ええ子やあああああ！」という驚きが押し寄せる。

「わん、わんわんっ」

「あはは、わかった。今行くから。それじゃあ、雪希ちゃん、またね」

「うん、また」

愛犬に引っ張られ、湊はその場を去っていく。雪希は小さな手を振って……湊の姿が小さくなると、やがて手を下ろす。少しだけ悲しそうな表情はそのままに、ぽつりと呟いた。

「……ミナちゃんとは、小学校時代からの親友なんです」

「……そうなのか」

雪希が何かを語ろうとしている。それを察した彩人は、黙って耳を傾けた。

「それで、中等部に進学した時に、一緒に演劇部に入ったんです」

湊は、演劇に興味を持っていた。演劇には雪希も個人的に思い入れがあり、親友の頼みということもあって、一緒に入部した。するとまもなく、雪希の演劇の才能が明らかになり、周りから注目されるようになった。

「わたしには演劇の才能があったみたいで。先生や先輩方から、たくさん褒めてもらえました」

雪希の演劇の才能はプロからスカウトが来るほどであり、高校でも是非演劇部へと活躍を望まれていた。

「中でも、ミナちゃんが一番わたしのことを応援してくれていました」

湊は雪希の演劇に感激し、ファンになり、ずっと応援してくれていた。

そして、高等部でも一緒に演劇をしていきたいと思っていた。

「でも、わたしは……高等部では、演劇部に入りませんでした」

そう。雪希は周りから賞賛され、期待をされていたにもかかわらず、演劇部には入らなかった。そして、彩人のいるカメラ部へ入部した。

「助手は……どうして、カメラ部に入ったんだ？　演劇の才能があって、周りからも期待されていたのに」

それは、彩人も謎に思っていたことだった。なぜ雪希のような女の子が、まともに活動している部員が一人しかいない部活を選んだのか。

「わたしは、演劇が好きです。でもそれは、あくまでも趣味なんです。高等部からは違う部活をやってみたいという考えは、元々あったんです」

才能があるからといって、必ずしもそれが夢になるわけじゃない。

才能がないからといって、夢を諦められるはずがない。

「そんな時、新入生勧誘のために展示されていた先輩の写真を見たんです。……それで、自分も、こんな写真を撮ってみたいと思いました」

「……そう、だったのか」

自分の撮った写真が誰かの人生に影響を与えた。

その事実に、彩人は驚きと喜びと……他にも、様々な感情を覚えた。

「……それに」

「……？」

黙り込んだ雪希は、じっと足元の砂浜を見つめる。

演劇部ではなく、『彩人のいる』カメラ部を選んだもうひとつの理由が浮かんでくる。

……でもその理由は、今は言えない。だから、別の言葉を紡ぐ。

「ミナちゃんが、わたしに演劇を続けて欲しいと思っていることは知っていました。先生や先輩からも、色々と話をされました。でもわたしは、自分の気持ちを優先してしまいました」

きゅ、と雪希は右手を胸に当て、握りしめる。

「正直、とても申し訳なく思っています。でも、やっぱり……わたしは、カメラ部に入りたいと思いました」

それは、罪の告白のようなものなのだろう。

自分のやりたいことを優先してしまった結果、がっかりさせてしまった人たちがいる。

やはり、雪希《ゆき》は素直ないい子なんだな、と彩人は思う。

「……助手は、楽しいか？　今」

彩人は、そんな質問をした。

問われた雪希は少しだけ驚いた様子を見せた後、ゆっくりと答えを口にした。

「……はい、楽しいです。カメラ部に入って、よかったと思っています」

「そっか」

それなら、それが答えだと思った。もし、雪希が演劇を選ばなかったことを後悔しているのなら、彩人は今すぐに雪希を演劇部へ戻すつもりでいた。

でも、そうじゃないのなら。

この時間が、雪希が一番望んでいるものだとしたら、彩人は全力で応援する。

「助手。俺じゃ頼りないかもしれないけど、こんな風に聞いて欲しいことがあったら、いつでも言ってくれ。できる限り、力になるからさ」

「……先輩。……はい、ありがとうございます」

少しだけ、雪希に明るさと笑みが戻る。

それを見てほっとした彩人は、あることを思いついた。

「そうだ。今度の学内コンテスト、参加してみるか？」

「……コンテスト、ですか？」

清風学園《きよかぜ》には、文科系の部活へチャンスを与えるための行事として、学内コンテストが存在する。文科系の部活がそれぞれの作品を展示、及び、学内ネットで公開。それを見た学園の生徒たちが、気に入った作品に気軽に投票できるシステムになっている。

多くの投票を受けた生徒の作品は、全校集会で表彰される。

さらに、学園の卒業生である高名な芸術家もゲスト審査員として審査に加わり、才能を認められた生徒は在学中のデビューが可能となる。

「一般的に行われている写真甲子園とかと比べると規模は小さめだけど、それでも審査員の芸術家は第一線で活躍している人たちだ」

全国にカメラが好きな中高生はたくさんいて、色んなコンテストで入賞したりしている。

学内コンテストはあくまでも学内のものであり規模に限界はあるが、それでも一般で行われているコンテストと遜色ない審査を受けることができる。

「せっかくカメラを始めるなら、何か目標があった方がいいだろうしな。んで、どうせなら、入賞を目指そうぜ」

「無理ですよ。わたし、素人ですから」

コンテストに参加すること自体には、それほど抵抗はない。

けれど、入賞と言われたことに雪希は驚いてしまう。

「素人でも入賞することがあるのがこの世界だ。それに結果がどうあれ、目標に向かって努力するのは楽しいし、実力も上がる。……あと、助手の頑張りがみんなに伝わるかもしれないしさ」

「──」

「教えて欲しいことがあったらなんでも言ってくれ。俺に教えられることなら、全部教えるから。……まあもちろん、無理にとは言わないから、助手にその気があればだけど」

雪希は気づいた。なぜ、彩人が突然学内コンテストの話をしたのか。

つまりそれは、雪希のため。カメラに興味を持ってくれたから、楽しんで欲しい。演劇部の人たちに、雪希の頑張っている姿を伝えたい。だから、彩人は──。

「……」

ぽちゃんと、雪希の心に雫《しずく》が落ちる。

その温かな雫が生んだ波紋が広がって、雪希は胸のあたりに右手を添える。

しばしその温かさを感じながら、自分がどうしたいのかを考える。

最初に浮かぶのは、部活動による新入生勧誘期間の際に見た彩人の写真。

その写真を見て感動したのも、自分もこんな写真を撮りたいと思った気持ちも本当で……今も、彩人にカメラを教えてもらえることが、自分で写真を撮っていることが楽しい。

演劇部を選ばなかったことで、今も心配してくれている親友にも……自分は大丈夫だと伝えたい。

「はい。わたし、学内コンテストに参加してみようと思います。できれば、入賞を目指します」

だから雪希は、そう返事をした。

嬉《うれ》しいものの、彩人は無理をさせているのではないかと不安になる。

「……あれだぞ？　無理にじゃなくていいぞ？」

「いえ、普通に楽しそうなので。やってみたいです」

「そっか。……じゃあ、頑張るか」

「はい」

すっかり明るくなった雪希の笑顔を見て、彩人にも笑みが浮かぶ。

「俺も、おっぱい写真で学内コンテストに参加するつもりだ。必ず、入賞してみせる！」

そして、自分の夢についても決意を新たにする。

優しくて、おバカなことに全力な先輩を見て、雪希にまた笑みが浮かんだ。

「先輩、ありがとうございます」

「おう。先輩だからな」

風が少し強くなった。海を渡ってきた潮風が、雪希の髪とスカートを揺らす。

「……先輩は、ずっと変わらないですね」

雪希は髪とスカートを押さえながら、小さな声で囁《ささや》く。

その言葉は彩人に届かないまま、潮風に乗って消えていく。


——雪希の脳裏に、幼い頃の記憶が去来した。

6枚目 ■ カメラボーイ・ミーツ・演劇ガール

海にほど近い保育園。異年齢保育を採用するその保育園では、様々な年齢の子供たちが潮風を浴びながら元気いっぱいに遊んでいる。

鬼ごっこやかくれんぼ、砂遊び、ドッジボール……みんながそんな遊びをしている中、並んで花壇の前にしゃがみこんでいる男の子と女の子がいた。

男の子の名前は、神崎彩人《かんざきあやと》。

女の子の名前は、白宮《しらみや》雪希。

ひとつ違いの二人は、毎日一緒にいた。

――パシャ。花壇の花をファインダーでとらえ、彩人はシャッターを切る。赤いチューリップが綺麗《きれい》に撮れた。その様子を隣にしゃがんでいる雪希がじっと見つめていた。

「……彩人くん、綺麗に撮れた？」

「ああ。けっこう上手に撮れた」

「先生のパンツ、綺麗に撮れた？」

「おう、ばっちり！……なわけあるかあああ！　てか、どうやって花壇で先生のパンツが撮れるんだよ！」

カメラが好きすぎて保育園にまで持ち込んでしまう彩人。最初は注意されていたが、先生も根負けして今は好きにさせている。そんな彩人のどこをどう気に入ったのか。ひとつ年下の雪希は、よく彩人にひっついてからかっていた。

「雪希ちゃんはいつも冷静な顔してすごいこと言うな」

「そう？」

よくわからないというようにしゃがんだまま彩人を見上げ、首をかしげる雪希。

「――」

その様子がとても可愛《かわい》らしく、彩人は赤くなった顔をそらす。

いつの間にか一緒にいるようになった女の子。しかもその女の子がとても可愛いものだから幼い彩人は気が気でない。もしかして、俺のこと好きなの？ と思うも、

「彩人くん、次は何を撮るの？」

「そうだなー、次は……」

「先生のおっぱい？」

「おっ、いいなそれ！ よっしゃあ、今から撮りに行く――わけないだろっ！ そんなエッチな写真撮るわけないだろっ！」

毎日こんな風にからかわれているので、好かれている自信がない。そして数年後、この少年は最高のおっぱい写真を目指す。

「次は……遊具のパンダを撮りに行く！」

「わかった」

彩人が歩き出すと、雛鳥《ひなどり》のように雪希はその後ろをついていく。

今日も一緒に時間を過ごす。二人は、とても仲がいいのだった。

「演劇の主役に選ばれた？」

ある日、また花壇のチューリップを撮っていた彩人は雪希からそんな話をされた。

雪希はなんだか浮かない顔をして、スカートを両手でぎゅっと握っている。

「……うん」

きっかけは、たわいのないものだったらしい。雪希は女の子たちと今はやりの魔法少女アニメの物真似《ものまね》をして遊んでいた。一人の女の子が雪希もやるように言って、雪希が恥ずかしがりながらもやってみると、なぜか大絶賛された。

すると、その女の子がお遊戯会の演劇の主役に雪希を推薦してしまったのだ。

「すごいじゃん、頑張れよ」

お遊戯会とは、保護者を招き、子供たちの成長を伝えるために開かれるものだ。

ステージの上で歌や踊りなどを披露するのだが、中でも演劇はお遊戯会の目玉。

その主役に抜擢《ばってき》されるなんてすごいことだから、彩人は祝福の言葉を贈った。

「……っ、――ぅ」

「え、なんで泣くんだっ？」

それなのに、なぜか雪希が泣き始めてしまったので、彩人は飛び上がるほど驚いた。

「……わたしなんかに、できないよ」

「え？」

あまりにも弱々しい声。彩人は一瞬、それが雪希のものであるとわからなかった。

「……主役、やりたくない」

「どうしてっ？」

雪希の涙の理由がわからない。主役に選ばれるなんて、すごいことなのに。

「……だって」

泣きながら、ぽつりぽつりと雪希は自分の気持ちを話し始める。

「お遊戯会……たくさんの人が来る、から」

当然ながら、お遊戯会には多くのお客さんが来る。他のクラスの園児たち、その保護者と保育園の先生方。

「……恥ずかしいし……怖い」

彩人はようやく雪希の気持ちを理解できた。雪希は、人前に出るのが恥ずかしいから泣いている。ステージの上に立って、たくさんの人たちに見られるのが、怖いと思っている。

失敗したらどうしよう……そんなことも考えているかもしれない。普段は無表情なままからかってくる女の子だから、こんな気弱な面があるなんて知らなかった。

「……雪希ちゃん」

彩人は、迷った。どうすれば、雪希の涙を止めることができるのか。

彩人は、考えた。どうすれば、雪希《ゆき》を笑顔にできるのか。

一刻も早く雪希を慰めたい。わずかな時間の中で一生懸命考えた彩人は、答えを出した。

「やりたくないならやらなくていいと思うぞ。俺が一緒に先生に言ってやるよ」

「……ぐす、ほ、ほんと？」

「ああ、本当だ」

泣くほどいやなら無理する必要なんてない。だから彩人は雪希の気持ちに寄り添う。

彩人の言葉に、雪希は救われたような色を瞳に浮かべた。

「……でも、本当に、やりたくないのか？」

「っ」

雪希はぴくりと小さな身体《からだ》を震わせる。

涙に濡《ぬ》れる瞳には、彩人の優しい顔が映っていた。

「もし、ちょっとでもやりたい気持ちがあるなら、やった方がいいと思うぞ」

実は、雪希が魔法少女の真似をしているところを、彩人は偶然見ていた。

その時の雪希は、本当に楽しそうに見えた。

「……」

彩人の言葉が心に染みこんでいく。心の中が、お日様みたいにあったかくなっていく。

「……わたしに、できるかな？」

気づけば雪希は、そんなことを聞いていた。

彩人の言葉で、自分の本当の気持ちに気づいてしまったから。

「できるさ。絶対、できる」

彩人は拳を握りしめ、力強くそう答える。なぜか、彩人の方が自信満々だ。

「あと、撮りたい。演劇を頑張っている雪希ちゃんのことを撮りたい」

なんの励ましになるかわからない言葉。

けど、とにかく雪希を励ましたくて、彩人は思いつくままに言葉を伝えていく。

「怖いなら、雪希ちゃんが怖くなくなるように、俺、頑張るからさ」

自分に何ができるかなんてわからない。それでも、根拠がなくても、彩人は本気の気持ちを雪希に贈る。大切な友達が泣いているのなら、なんとしてでも笑顔にしたいから。

「……うん。わたし、やってみる」

まだ瞳を涙で濡らしながら、笑みを浮かべてくれた。嬉しくて、彩人も笑顔になった。

「頑張ろうぜ。俺にできることなら、なんでもするからさ」

「……うん」

当たり前のように、彩人はそう言ってくれた。嬉しくなって、雪希はまた笑顔になった。

さっきよりも柔らかく、日の光の中で揺れるチューリップみたいに。

「――」

するとそれを見た彩人の顔が赤くなり、固まった。

「？　どうしたの？」

彩人の変化に、雪希は首を傾ける。

「っ。い、いや、なんでもないっ」

「？　顔、赤いよ？　もしかして、風邪ひいた？　お熱は？」

「いや、マジで平気だからっ！」

おでこに手を伸ばしてくる雪希の手から逃げるように後ろへばばっと下がる。

（……え、俺、どうしたんだ？）

なんだか、胸がどきどきしてきた。

頬が熱い。雪希をまともに見れない。わけがわからない。挙動不審になる彩人と、そんな彩人を不思議がる雪希。とにもかくにも、雪希は彩人と一緒に演劇を頑張ることにした。

そうして、数日後。雪希は見事に主役を演じきり、舞台を盛り上げた。

保育園児とは思えない迫力のある演技に、保育園の子供たちだけでなく先生方や保護者からも大絶賛され、拍手喝さいをもらったのだった。


それから時が過ぎて、彩人の卒園の時がやってきた。

雪希は彩人の目の前で、人目も憚《はばか》らずに泣いていた。

「泣くなよ、また会えるって」

「ひく、彩人くん。……うぅ」

こんな風に泣く雪希を見るのは、あのお遊戯会の時以来だな、と彩人は昔を思い出す。

いや、今の雪希は、その時よりもいっぱい泣いているかもしれない。

いざ別れるとなったら号泣し、どんなに言葉をかけても雪希は泣き止《や》まない。

困った彩人は、とっさに思いついたことを口にする。

「あのさ……もしまた会えたら、助手になってくれないか?」

「……じょしゅ?」

聞きなれない単語に、雪希は「?」を浮かべる。

「ああ。俺は将来、パパみたいなすごいカメラマンになる。だから、もしよかったらそれを手伝ってくれ」

「……うん、わかった」

深く考えて言った言葉ではない。

とにかく、目の前の女の子に泣き止んで欲しくて必死に考えた台詞《せりふ》。

泣きながらも、雪希は素直に頷《うなず》いてくれた。別れは避けられないけれど、いつかの約束をもらえたから。また、一緒にいられるようになると思ったから。

「わたし、彩人くんの助手になる」

「おう。約束だ」

彩人の差し出した小指に雪希は小指を絡める。最後に、二人は指きりをした。

「ゆ〜びき〜り、げ〜んま〜ん」

「うそ、ついたら」

「はりせんぼんの～ます」

「――ゆびきった」

無事に卒園式を済ませた彩人《あやと》は、保育園を去っていく。雪希はその姿を最後まで見送って、そして、大きく手を振った。いつかまた会えると信じて。そう、約束したから。

「ばいばい、彩人くん。またね」

涙を零《こぼ》しながら、雪希はいつまでも手を振り続けた。


「ただいま」

部活動《デート》が終わり、雪希は彩人と別れて家へ帰った。

思い切って自分から誘ってみたけれど、想像以上に楽しかった。カメラについても色々と教えてもらえて、新しい世界を知ることもできた。学内コンテストへ参加するための力になりたいという彩人の気持ちも嬉《うれ》しかった。雪希は家族に挨拶をしてから自分の部屋へ戻る。

透明なローテーブルに猫の形をしたクッション。白いベッドの隣には勉強机。勉強机の上には教科書や参考書がきっちり並び、カレンダーには日ごとの予定が書きこまれている。毎日掃除をしているらしく、本棚の上にもカーペットの上にも埃《ほこり》ひとつない。きちんと整理整頓された雪希の部屋は、彼女の真面目さをよく表している。

部屋に入った雪希は、彩人から借りたカメラをベッドの上にそっと置き、財布やスマホなどが入れてあるカゴバッグをローテーブルの上に置く。そうして荷物を置いた雪希は、姿見の前に立った。

数秒、鏡の中の自分を見つめた雪希は……服を脱ぎ始めた。

ぱさりとカーディガンがカーペットの上に落ち、続いてワンピースも同じ音を立てた。

「……」

姿見に、雪希の姿が映っている。日の光に透ける銀色の髪にアクセリボン、雪のように白い肌と空のように澄んだ瞳。身長は低く、華奢《きゃしゃ》で可愛《かわい》らしい姿は天使のよう。

今、そんな雪希の上半身は裸であり……その胸に、白い布がぐるぐると巻かれていた。

——それは、胸のサイズを小さくするためのさらしだった。

「……」

しゅる、と胸を巻いていたさらしが解かれる。しゅる、しゅる、と床へ落ちていくさらしは重なり合う。やがて縛《いまし》めから解かれた雪希の爆乳が、白日の下へ晒《さら》される。

白いさらしによって押さえつけられていた胸が解放され、大きさを取り戻していく。

F……G……いや、Hカップはあるだろうか。

あるいは、それ以上。とてつもなく大きく、そして美しいおっぱいがそこにあった。

「……」

改めて、自らの裸身に目を移す。低い身長に華奢な身体——そんな身体に似合わぬほどに実った果実。同年代の子たちと比べても明らかに大きすぎるその胸に、雪希はため息を零す。

小学生の頃から、雪希は胸が大きかった。どうも、そういう体質だったらしい。

当然ながら、まっ平らな胸を持つ同級生たちと比べて非常に凹凸のある身体になってしまった雪希は、同年代の子たちからも大人からも好奇の目を向けられた。

そんな幼い雪希を案じたお母さんが担任の先生と相談した結果、『さらしで隠す』という結論に至った。以来、雪希はさらしで胸を隠し続けてきた。最初は大変だったけれど慣れてしまえばそうでもなく、いつの間にか雪希のルーティーンと化した。

……それでも高等部からは、さらしを外してしまおうかと思っていた。もう高校生になるのだから、あまり周りの目を気にしすぎなくてもいい気がしたのだ。

しかし、それができない問題が発生してしまった。

「俺はあの日、理想のおっぱいを持つ女の子に出会ったんだ」

ふいに、彩人の言葉が胸に去来する。

「……先輩」

あの日、彩人におっぱいを見られたことで羞恥心がぶり返してしまった雪希は、高等部からもさらしを巻き続けた。そして、清風《きよかぜ》学園で彩人と再会したことで雪希はさらしを外せなくなった。……たぶん、自分が理想のおっぱいを持つ女の子であることを明かせば彩人は喜ぶだろう。雪希としても、彩人が本気なら協力するつもりはある。

「……やっぱり、今はまだ、駄目です」

それでも今は、まだ言えない。おっぱいのことは、まだ秘密。

どうして？　と問われれば、自分でもよくわからない。

理想のおっぱいを持つ女の子……そんな風に言われて、自分から明かすのが恥ずかしい、とか。

おっぱいのことを知ってても、彩人の自分を見る目は変わらないと思うけど、本当にそうなのか自信がなくて少しだけ怖い、とか。

理想のおっぱいを撮りたいって言っているのに、自分以外の女の子のおっぱいをあんなに美しく撮っているのが、ちょっとだけ許せない、とか。

保育園時代のことも約束のこともさっぱり忘れておっぱいに夢中になっているけど、こんなに一緒にいるんだから、ちょっとくらい思い出してくれてもいいのに、と少しだけ不満がある、とか。

そもそも、自分からおっぱいが大きいことを明かすこと自体、常識的に考えて躊躇《ためら》いが生まれる、とか。

きっと、これら以外にも大小様々な理由があって雪希の心の中で混ざり合い、色んな感情を生んでいる。本当は、別に今すぐ言ってもいいのだけれど……でもやっぱり勇気を出せなくて、自分からは言えない気がする。……だから。

「本当にわたしのおっぱいが撮りたかったら……ちゃんと見つけてくださいね、先輩」

斜陽差す部屋の中、姿見に映る自分に向けて、雪希《ゆき》は呟《つぶや》いた。

7枚目■合宿

五月の中ごろに位置する土日を利用して、カメラ部の春合宿は行われる。

午前八時ごろに学園に集まり合宿の予定を確認した後、監督役である顧問の静《しずか》から話を聞いて行動開始。合宿のメンバーは、彩人、雪希、聖花《せいか》、奈々枝《ななえ》、静、冬夜《とうや》の計六人。

聖花は幽霊部員だが、合宿などには参加をしてくれる。奈々枝はカメラ部ではないが、今回はモデルということで参加してもらった。冬夜は基本美術部でカメラ部には名前を貸してくれているだけだが、大勢の方が楽しいので今年も参加してもらっている。

合宿一日目は、自由撮影。普段とは違う景色を撮影することで、カメラの技術や感性を鍛える。また、経験者である彩人や聖花からカメラの指南を受ける。夜はみんなでバーベキューや花火をする予定。

合宿二日目は、部内コンテスト。お題を決めて自由に写真を撮り、品評会を開く。撮った写真をみんなで見て現在の実力を確認し、今後に活《い》かす。五月末が締め切りとなる学内コンテストへ向けた写真をこの合宿で撮る場合もある。

こんな感じの日程で、カメラ部の楽しい春合宿は行われる——


「絶対に、いやですわ！」

——はずだったのだが、合宿が始まって早々、トラブルが起きていた。

「そこをなんとか頼む！」

爽やかな朝の風が吹く清風学園の校門前。怒りと羞恥で頬を染める聖花の前に、土下座する彩人の姿。カメラ部メンバーである雪希たちは、二人のそんな様子を見守っている。

「聖花と奈々枝のおっぱい写真で、学内コンテストに参加させてくれ！」

原因はもちろんこの男。最高のおっぱい写真を目指す少年、神崎《かんざき》彩人。

おっぱい写真による学内コンテスト参加……どうすればいいのか悩みぬいた彩人は、結局正々堂々頭を下げてお願いする道しか思いつかなかった。

コンテストの締め切りは五月下旬。そして今は五月の中旬。雪希にカメラを教えることや、聖花も学内コンテストに参加することを考えれば、頼むのは今しかない。

「〜〜〜」

どう考えてもめちゃくちゃなお願い。自分のおっぱいをテーマにした写真を全校生徒に晒されるというのだ。普通に考えてありえない。しかし元々甘々な性格で押しに弱い聖花は、恥ずかしさで頬を染めつつも彩人の真剣な土下座に心が揺らいでしまっている。

「……あはは。彩人、さすがに学内コンテストでみんなに見られるのは恥ずかしいな」

彩人が個人的に自分のおっぱいを撮ることは受け入れた奈々枝。でも、今回ばかりはすぐに頷けない様子。自分のおっぱい写真が先生や生徒たちに見られているところを想像したのだろう。羞恥心で珍しく頬を染めていた。

「無理は百も承知！　いや、本当にいやなら断ってくれていいんだけど！　これが俺の正直な気持ちだ！」

彩人とて、自分が無茶を言っていることはわかっている。聖花と奈々枝のおっぱい写真を衆目に晒すと言うのだ。土下座をしても足りない願い。


「聖花と奈々枝のおっぱいで、最高の芸術を表現したいんだ！」


が、これが自分の素直な気持ちで、夢。断られるにしても、言わずにはいられない。

「「――」」

彩人の声にのって、本気の気持ちが聖花と奈々枝に届く。二人は互いに赤くなった顔を見合わせ、やがて聖花がため息をついた。

「……わかりましたわ、彩人。そこまで言うのなら、勝負をしましょう」

「……勝負？　ということはっ？」

土下座のまま顔をあげた彩人は、そこに恥じらいながらも理解を示す聖花の表情を見た。

「あの時と同じですわ。勝負であなたが勝てば好きになさい。あなたの言う最高の芸術とやらに協力しましょう。コンテストに出展していただいてもかまいませんわ」

「わたしも。それでいいよ」

「──」

聖花と奈々枝は彩人《あやと》の話を条件付きで呑《の》んでくれた。正直、百パーセント断られると思っていたので、奇跡のような出来事だった。

「……はあ、まったく」

実は、聖花と奈々枝は彩人がこんな頼みをしてくるのではと予期していた。その上で、もし彩人が頼んできたらどうするか……ある程度は決めていたのだ。

「それで、どんな勝負をすればいいんだ？」

問いかける彩人に、聖花はふわふわの髪を指でいじりながら答える。

「こちらもそれなりの譲歩をしているのです。多少の不利は背負ってもらいますわよ」

「おう！」

そもそもが無茶な願い。不利などいくらでも背負う覚悟が彩人にはある。

「今回の勝負は──指導力勝負ですわ！」

「……し、指導力？」

予想もしない言葉に、彩人は『？』を浮かべる。

「ええ。今日一日を使って彩人は雪希さんに、わたくしは静先生にカメラの指導をします」

「え、わ、わたしっ？」

突然、話を振られた静は自分を指さして戸惑いを見せる。

「そして奈々枝さんをモデルに写真を撮り、雪希さんと静先生の写真のうち、より優れていた方を勝者とします」

「……マ、マジか」

てっきり自分が写真を撮って勝負するか、または奈々枝の時みたいに別のジャンルで勝負をするものと思っていた。しかし、今回は一味違う。写真を撮るのは雪希であり、彩人はその指導をするだけ。彩人の未来が、雪希に託されることになる。

「この条件でよければ勝負をしますけれど……どうします？」

「……っ」

突き付けられる選択。これを拒否すればそもそも可能性すら失ってしまう。

とはいえ、まさか後輩を直接勝負に巻き込むことになるとは。しかも、雪希はまだカメラを覚え始めたばかりの初心者。静先生にブランクがあるとはいえ、勝てるのか？

……予想外の事態に、彩人はフリーズする。


「わかりました。やります」


「っ？　助手？」

声のした方に視線を向ければ、そこには決意を瞳に宿す雪希の姿。彼女は、彩人の代わりにはっきりと返事をした。

「よろしいんですの？」

「はい。この話を受けなければ、そもそも先輩にチャンスはないんですよね？」

「ええ、そうですわね」

「それなら、やります」

「いやっ、ちょちょちょ、助手！」

どんどん話が進むので、彩人は慌てて止めに入る。

「本当にいいのかっ？」

「はい」

当たり前のように答える雪希に彩人は二の句が継げない。

「ではそういうことで、勝負をすることにしましょう。静先生、申し訳ありませんがご協力していただけますか？　もしおいやでしたら、冬夜に代わっていただきますけれど」

「……う、ううん。わかりました。わたし、やります」

静は、頷《うなず》いた。そのことを、彩人は意外とは思わない。静はカメラマンの夢を諦め、教師の道を選んだ。けれど彼女は今、再びカメラを手にしている。日々、もっと上手に写真を撮りたいという想《おも》いが強くなっている静にとって、この勝負は成長のチャンスなのだろう。

「ありがとうございます。では、彩人。そういうことで」

こうして、彩人のおっぱい写真による学内コンテスト参加をかけて勝負が始まった。

「どうして、こうなった？」

あれから数分後。学園近くのビーチへ彩人と雪希は来ていた。
今日も空は晴れ渡り、日の光が眩《まぶ》しい。海もご機嫌そうにきらきら輝いている。
聖花の提示した勝負の内容は、以下のとおり。

・モデル：風見《かざみ》奈々枝
・撮影場所：海
・衣装：被服部に協力をお願いし、勝負の際に情報開示
・勝敗条件：彩人の指導した雪希、聖花の指導した静
　二人のうち、より優れた写真を撮った方を勝者とする
　写真を選考するのは、奈々枝

「先輩、時間がないので教えてください」
勝負の時間は、明日の昼食後。初心者の雪希には一分一秒が惜しい。聖花と静も、このビーチのどこかで写真の特訓をしている。

「なあ、助手。本当にいいのか？」

「わたしが写真を撮らないと先輩がおっぱい写真でコンテストに参加できないからしかたがありません」

「嬉《うれ》しいけど、そこまでしてもらえる理由がわからない……」

「わたしは先輩の助手ですから」

こんな状況でもクールな後輩。巻き込んでしまった罪悪感から悩んでいた彩人だが、当の本人がやる気なのだから、いつまでもくよくよしていられない。

「……わかった。とにかく勝たないとおっぱい写真でコンテスト出場できないんだからやるしかない！　マジでありがとう助手！——とはいえ、どうするか～～～！」

ようやく決意してすぐ、彩人は頭を両手で抱えて砂浜にしゃがみこんだ。

「……マジで、どうしたもんか」

雪希《ゆき》はまだカメラを始めたばかりの初心者。カメラを手にしてから一ヶ月も経《た》っていない。たとえるなら、よちよち歩き始めたひよこのようなものだ。

対する静は、経験者。長いブランクがあるとは言え、過去においてはカメラマンを目指していたほどの女性。成長した鶏として、ひよこより世界を知っている。

静の夢を知った後、彩人は静が撮った写真を見せてもらったが、その時に見た写真は完全な素人のものではなかった。

現時点で、静が強敵であるのは間違いのない事実。

「……助手にセンスがあるのは確かだ。でも、時間が足りない」

カメラを教え始めてすぐ、彩人は雪希のセンスのよさを知った。

雪希はよく、「あれ？　俺じゃそれは思いつかない」と彩人が羨望すら感じてしまう発想を時折見せてくれる。教えることはどんどん吸収するし、そこから自分で考えて教えていないことまで自分で気づいてしまうこともある。

このままカメラを学んでくれれば、かなりの腕前になるだろう。演劇部でも活躍していたというし、勉強もできると聞く。雪希は色んなことができる優秀な子なのかもしれない。

それでもやっぱり、今回は時間がなさすぎる。いくらセンスがあっても、急に明日までに素人を経験者に勝てるくらいに上達させるなんて、常識的に考えて無理だ。

上手に写真が撮れるからと言って、必ずしも写真の教え方が上手とは限らない。

もっと自分に指導力があれば雪希の助けになれたのにと、彩人は悔しさを感じた。

「……やっぱり、わたしじゃ勝てませんかね？」

「助手？」

不安そうな声に顔をあげれば、そこにはやはり表情を曇らせた雪希の姿。

「……わたしは、先輩の助手です。先輩の夢のお手伝いをしたいです」

それは、少女の真剣な願い。状況が不利なことは、彼女自身がよくわかっている。それでも、彩人のために頑張りたいと言ってくれている。……心が、あったかくなった。

「だから、わたしにカメラを教えてください。先輩」

……なんでこの子は、こんなにも一生懸命になってくれるんだろう？

そんな疑問が浮かぶが、それよりもこんな真剣になってくれている後輩の前で情けない姿は見せられないと気づく。彩人は、立ち上がった。

「わかった。助手がやる気になってくれているのに、俺がひよってたら駄目だよな」

気合いを入れなおし、とにもかくにもできる限りの指導をしようと決意する。

「じゃあ、これから写真の指導を行います。よろしくお願いします」

「……はい。よろしくお願いします、先輩」

彩人が頭を下げて挨拶をすると、雪希もそれにならって頭を下げる。

そのやりとりに気恥ずかしさを覚えながら、彩人は指導を始めた。

「人物写真においてはやはり、モデルになってくれる人の魅力を引き出すことが必要だ」

まずは、基本的なアドバイスから。雪希は彩人に尋ねる。

「奈々枝《ななえ》先輩の魅力というと……優しくて爽やかで、一緒にいて気持ちがいいところでしょうか？」

彩人の意図をくみ取った雪希は、的確に奈々枝の魅力を言葉にする。彩人は頷いて、

「ああ、そうだな。奈々枝はスポーツマンらしい力強さと夏風のような爽やかさを持っている。竹を割ったようにさっぱりとしているから清々《すがすが》しいし、一緒にいて楽しい。気さくだから、女友達だけど同性みたいに気軽に接することができるのも魅力だ。かと思えば、家が茶道の家元だから礼儀作法がしっかりとしているし、ふとした瞬間の身のこなしは見《み》

惚《ほ》れてしまうほどに流麗だ。お茶を点《た》てられるのはもとより着物の着付けもできるっていうのもすごいと思うし。あ、あと、いつものポニーテールを解《ほど》いた黒髪なんか本当に綺麗《きれい》でな。着物の上を流れる様はまるできらきら輝く天の川のよう。まさに大和撫子《なでしこ》。陸上部で走っている勇ましい姿とは違い、茶室での静謐《せいひつ》かつ清廉な雰囲気には思わず心を奪われてしまう。静と動、まさに相反するふたつの魅力を有する美少女。それが風見奈々枝。そして、陸上で鍛えられたそのしなやかかつ均整のとれたナイスバディ。あれはまさに奇跡。その美を体現する肉体に奇跡のようなおっぱいが存在している。そう、神様が造った芸術品のように……」

「先輩、そのへんでいいです」

洪水のように奈々枝を絶賛する彩人を雪希が止める。

ちょっとだけ引きつつも、彩人の観察眼は素直にすごいと思った。彩人の未来を背負っての勝負にプレッシャーを感じている雪希からすれば、頼りになることだ。

「……ちなみに、わたしだとどんな魅力がありますか？」

「え、助手で言うと？　そうだな、助手の場合は——」

「っ」

寸前で雪希は気づく。自分は今、何を聞いてしまった？

「いえ、今は特訓の時間でした。また今度でお願いします」

「そ、そうか？」

慌てて雪希は質問の答えを先延ばしにする。どうやら、彩人《あやと》は奈々枝と同じように雪希のことも絶賛するつもりだったようだ。それがわかった雪希の心に、変化が生まれる。

「……あれ？　なんか助手、機嫌いいか？」

すぐに彩人は気づく。演技時以外は基本無表情な雪希だが、雰囲気で今どんな気持ちかだいたいわかる。まだ短い付き合いではあるが、彩人はその術《すべ》を会得していた。

「そんなことありません」

「そう見えるんだが……」

とっさに否定する雪希だが、彩人にはどう見ても雪希が喜んでいるように見える。

「先輩、眼鏡をかけ忘れてませんか？　はい、どうぞ」

「おお、ありがとう。これでよく見える……て、パーティー用のギャグ眼鏡じゃねえか！　これで何が見えるんだよっ！」

「みんなの笑顔が見られますよ」

「やかましいわ！」

やっぱり雪希は機嫌が良さそうに見えるのだが、本人は話をそらす気満々のようだ。

「それより先輩、指導をお願いします」

「あ、ああ。わかった」

彩人は頷きながら、また不安を覚える。これから彩人が雪希に教えることを、静《しず》はすでに知っている。聖花《せいか》の指導が加わることでさらに磨きがかかるのは自明の理。それに……。

（なんていうか、もったいないな）

（本当はもっとじっくりゆっくり、楽しみながら助手にはカメラを覚えて欲しかった）

今さらながらに勝負に巻き込んでしまったことに罪悪感を覚える。

「先輩、大丈夫ですよ」

「――助手？」

まるで彩人の心を読んだように、雪希が微笑《ほほえ》みを浮かべる。

「わたしがやりたくてやっていることです。今も、先輩にカメラを教えて欲しいです」

「……」

ああ、そっか。そうだった。さっきからこの子は、ずっと言っていた。カメラを教えて欲しい、と。この瞳は、ちゃんとカメラを楽しんでいる瞳だ。……目の前にいてくれたのに、雪希を見ていなかったことに彩人は気づいた。途端、心が軽くなる。ごちゃごちゃと余計なことを考えていた頭の中がすっきりして、今自分がやるべきことが明確になった。

「ありがとな、助手。目が覚めたわ」

本当に優秀な助手だ。こんな風に、いつも助けられてしまう。それなら先輩として、助けられてばかりじゃいられない。雪希が勝てるように、今この瞬間、全力を尽くす！

「しゃあ！　助手、とにかく今から撮りまくるぞ！　俺がモデルになる！　助手の撮った写真を見て、色々な指導を行う！」

「はい」

その後、雪希は彩人をモデルに写真を撮りまくり、一枚、一枚、指導を受けたのだった。

合宿一日目の終わり。茜色《あかねいろ》が闇によって塗り替えられる時間の中、心地よい潮風が変わりゆく世界を渡っていく。住宅街の中を歩いているが、海が近いので潮の香りが強い。

「けっこう買っちゃったな」

「そうですね」

海辺での特訓を終えた彩人と雪希は、その帰りに学園近くのスーパーで買い物をした。夕ご飯のバーベキュー用の食材の入った袋を手に提げ、夕闇の道を歩きながら彩人は今日の特訓のことを思い返す。

正直、特訓の成果は芳しくなかった……と言うと語弊がある。

雪希はやはり優秀だったからだ。

教えることはまさにスポンジが水を吸うように理解してくれた。ボケ写真も慣れるまでは苦労する人もいるのに、ほぼマスターしているし。ホワイトバランスの使い分けもセンスを感じられる。目の前の景色をどの構図で撮るかという判断も的確だ。（いや、マジで俺より才能あるかもしれない……）と彩人が戦慄するほどのポテンシャルを持っていた。

（……けどやっぱ、時間が足りないよな）

今日だけでも雪希の実力は上がったが……結局、結論はそこへ行きつく。

十分な時間をかければ普通に彩人ともいい勝負ができるようになると思う。

もっといい教え方は……雪希のためにできることは……彩人はがさがさ響くスーパーの袋の音とその重みを感じながら考え続けていたが……急に立ち止まった。

「お、懐かしいな」

「先輩?」

彩人の気遣いで、雪希は彩人のより小さくて軽い袋を持っている。

両手でしっかりと袋を持つ雪希は、とある場所を眺めている彩人を見た。

「ああ、この保育園さ。昔通ってたんだよ」

彩人の視線を追ってみると、そこにはこぢんまりとした保育園があった。

平屋作りの建物と、庭の中には砂場や滑り台などの遊具があった。

「先輩って、梅波学区じゃなかったですか?」

会ったばかりの頃、雑談で聞いた情報を雪希は言う。

「そうだな。梅小と梅中だった。けど、引っ越す前はこの保育園に通ってたんだよ」

「そうだったんですか。昔はこのあたりに住んでいたんですね」

「そういえば、助手は保育園の頃から清風《きよかぜ》学園なのか?」

清風学園はかなり巨大な学園だ。

幼等部、初等部、中等部、高等部、大学が隣接している。幼等部からエスカレーター式で通う生徒もいると聞いている。

「いえ、わたしは初等部からです。保育園は別の場所に通っていました」

「あ、そうなんだ」

今年の春から一緒にいるが、彩人は雪希《ゆき》のことをほぼ知らない。

雪希の家の場所や家庭環境について、まだ聞く機会がなかった。

「ちなみに、保育園はどこだったんだ？」

「……そうですね。小さい頃のことなので、忘れちゃいました」

「そっか。まあ、そんなもんか」

彩人とて、こうしてたまたま通りかかるまですっかり忘れていた。

ふとした瞬間、昔の思い出の場所に来ると時の経過を否応《いやおう》なく感じさせられる。

保育園の自分はどんな子供だったろう？……たしか、写真を撮っていた気がする。

今の自分はどんな高校生だろう？……おっぱい写真を撮っている。

将来の自分は、どんな大人になっているだろう？……想像に躊躇《ためら》いが生まれた。

「先輩は、保育園の頃のことって覚えてます？」

「え、そうだな。まあ、少しは――」

風が吹いた。道端に落ちている葉が潮風にのって宙を舞う。

同時。彩人の脳裏に、断片的な記憶がいくつも蘇《よみがえ》る。

「――」

あやふやな記憶の欠片《かけら》——どうしてか、彩人の中は真っ白になる。

（……あれ？　なんか——）

「……先輩」

呼ばれて顔をはっとあげる。そこには、後輩の姿があった。

「そろそろ行きましょう。聖花さんたちが待ちくたびれていると思います」

「あ、ああ。そうだな」

心の中でたゆたう気持ちの正体がわからず落ち着かない気分になるが、彩人は歩き出した。一生懸命心の内を探るものの、何もかも判然としない。

「……」

彩人と一緒にその場を離れる際、雪希はさりげなく保育園に視線を移した。まだ園内には先生や親の迎えを待つ子供がいるのだろう。淡いオレンジ色の街灯が、遊具のパンダを照らしている。

——雪希は保育園から目をそらし、彩人の隣を歩き始めた。

8枚目■おばけのおっぱいって撮れるの？

「それでは、皆様♪」

「おばけ部主催☆　季節外れの肝試し大会へ、ようこそ〜！」

夜の校舎の前で「わー！」と盛り上がるおばけ部の面々。

その目の前で、真っ青になっている彩人たち――カメラ部の面々。

時刻は、夜。月明かりが薄く雲に遮られる、肝試しにはもってこいの時間。

みんなでバーベキューをして「青春サイコー！」となり、後はお風呂に入って平和に眠るだけだったのに……なぜ、こんなことに？

「みなさん、心ゆくまで楽しんでくださいねー☆」

おばけ部とは、清風学園にある部活のことであり、その名のとおり、おばけについて日々研究している風変わりな部活動である。

この清風学園には部活が数多く存在し、学内の宿泊設備が充実していることなどから、運動系のガチな部活から文科系のコアな部活に至るまで、様々な生徒が合宿を行っている。

もちろん、合宿をするためには生徒会への申請と許可が必要であり、合宿中も当番の先生や風紀委員による見回りなども行われる。

しかし、合宿と言っても、ただ真面目に部活動をするだけではつまらない。

一部の生徒が青春の衝動にかられ、夜の学園における刺激的なイベントを求めた。

そのイベントが肝試しであり、その際に大活躍するのが先述のおばけ部である。

彼らは合宿中の生徒からの要望により、有名テーマパークも裸足《はだし》で逃げ出すレベルの肝試しをセッティングしてくれる。生徒たちの間では、合宿で青春の汗を流した後、肝試しで夜の時間を楽しむというのが流行《はや》っていた。肝試しの季節は、夏。だが、おばけ部には何の関係もない。彼女たちは一年中おばけを愛《め》でている。

「それじゃあ、中でスタンバってますね～」とぞろぞろ夜の校舎の中へ入っていくおばけ部の部員たちを見ながら、彩人は震える声で隣の聖花を呼んだ。

「聖花さん？」

「びくっ」

聖花は少しの間真っ青な顔で百面相していたが、やがて泣きつくように彩人に叫んだ。

「仕方がないじゃありませんのっ！　今年から爽子《さわこ》さんがおばけ部へ入部して！『是非、楽しんでいただきたいです！』などと言われたら断れるわけないでしょう！」

見れば肝試し準備中の生徒の中に爽子の姿があり、にこやかに聖花に手を振っていた。

「……やっぱりか」

彩人と聖花は幼馴染《おさななじみ》で、お互いにおばけが死ぬほど苦手だということを知っている。

遊園地のおばけ屋敷など一歩たりとも入らないし、夏の特番でホラーがやっていれば即座にチャンネルを回し、誰かが怖い話を始めようものなら巧みに話題のハンドルを切る。

その聖花《せいか》が、なぜおばけ部に肝試しの依頼など……と彩人《あやと》は疑問に思っていたが、案の定、彼女らしい理由があった。友達想《おも》いの彼女であれば、到底断れまい。

あと、見栄《みえ》を張っておばけが怖いことを伝えていないに違いない。

「わかった。なら、俺に任せろ」

「あ、彩人？」

「せっかく準備をしてくれているおばけ部の人たちには悪いけど、はっきりと断らせてもらう」

男らしく言う彩人に、ぽうっとなる聖花を置いて、彩人は校舎の入り口あたりで仕掛けや段取りの最終確認をしているおばけ部部長のもとへ向かう。

部長は、どうやら女性らしい。さっきは白い仮面に黒マントを羽織っていたから姿はわからなかったが、今はその仮面を外し黒マントのフードを下ろしている。

後輩の少女と話している後ろ姿は、長い髪の女子生徒だった。

「あの、すみません」

おばけなどごめんである。本当に心から申し訳ないけれど、断らせてもらおうと彩人は決意を込めた声で話しかけた。

「あ、はぁい」

ぼいん、ばいん、たゆゆん♪

キラキラキラキラ………！

「――」

おばけ部の部長は、めっちゃ美人で、めっちゃ巨乳だった。ていうか、振り向いただけの動きでおっぱいがめちゃくちゃ揺れていた。え、おっぱいってそんな揺れるのっ？

「なにかぁ、ご用ですかぁ～？」

そして、高校生とは思えないほどに色気のある人だった。ひとつ上の先輩らしいが、このままグラビアアイドルでナンバーワンになれそうなくらい魅力的。ていうか、今すぐおっぱいを撮りたい。当然、そのあまりの美しさと色香に、彩人は――。

「あ、えと…………おばけ屋敷、超楽しみにしてます！」

全力でご機嫌を取りにいった。その言葉を聞いた途端、おばけ部部長は笑顔になる。色香とキラキラが三倍増しになった。

「あらぁ、本当ですかぁ。じゃ～ぁ、いつもより頑張っちゃいますねぇ～」

「っ！……はは、マジですか！――楽しみにしてますっ！」

「君、おばけ好きなのぉ～？」

「はい！　めっちゃ好きです！　遊園地に行くと真っ先に入るくらいで！」

「ホントにぃ～、わたしと同じだぁ～。いいよね～、おばけぇ～」

「はい！　最高っす！」（最悪だあああ！）

きゃいきゃいと楽しく雑談をした彩人は、去り際におばけ部部長からの「君の期待に応えるために、リミッター外していくね～☆」という恐ろしい言葉を手土産に、聖花の目の前まで戻るなり全力の土下座をした。

「すんませんしたあああああああああっ！」

「許しませんわーっ！」

　こうして、季節外れの肝試しが始まった。


「先輩、おばけ苦手なんですか？」

　彩人のせいでレベルアップした肝試しの準備を待つ間、雪希が彩人にそう尋ねた。

「ああ。もう、なんていうか……死にたい」

「先輩、生きてください」

　彩人は本当におばけが駄目なようだ。顔が真っ青で身体《からだ》が震えていた。

「……先輩、おばけがみんな怖いとはかぎりませんよ？」

「え？」

　励ますためだろう。雪希は彩人にこんな話を始めた。

「いいですか、先輩。おばけにも色々な種類がいると思うんです」

「ま、まあ、そうかもな」

「ということは、中には美少女でおっぱいが大きいおばけもいるかもしれません」

「っ」

　心の中で雷鳴が鳴り響き、天啓を受けたように彩人は目を見開く。

「……た、たしかに」

「先輩、そんな可愛《かわい》いおばけ美少女のおっぱいを撮らなくていいんですか？」

「っっっ！……ありがとな、助手。目が覚めたぜ」

自分は今まで何をやっていたんだ。自嘲しながら彩人は笑みを浮かべる。

さっきまでおばけへの恐怖で支配されていた心が解放され、大空へはばたく。

「俺は、美少女おばけのおっぱいを撮る！」

拳を握りしめ、そう彩人が宣言した瞬間、おばけ部部員の一人が何かを感じた。

「？　宮ちゃん、どうしたの？」

おばけ部に所属する一年生、宮ちゃん。本物の霊感者であり、今まで何人もの幽霊やおばけに出会ってきた……と自称する女の子である。

「今、感じたの。この夜の校舎から、何人かの幽霊が全力で逃げ出した」

「えー、そんなことあるの？」

宮ちゃんの信じられない言葉に、親友の女の子は驚くしかなかった。

「はぁい。じゃ〜ぁ、肝試しのペアを決めるくじをひいてくださぁ〜ぃ」

おばけ部部長が、テレビ番組で見るようなカラフルなくじボックスを両手で持ってきた。

でかすぎるおっぱいがくじボックスの上にのっている。あれ、くじの穴に手を入れたら腕が当たってしまうんじゃないだろうか。

「じゃあ、わたしから」

まず、奈々枝《ななえ》からくじをひき始めた。続いて、冬夜《とうや》、聖花の順番でひくようだ。

「お願いします。どうか、冬夜とペアになりますように！」

そして、彩人はくじの順番を待つ間に両手を合わせ、そんなことを願っていた。

「先輩。どうして、冬夜先輩とペアになりたいんですか？」

「決まってるだろ。王子様な冬夜なら、おばけが出ても絶対に守ってくれる」

「乙女か☆　……普通、こういう時は女の子とのペアになりたがるんじゃないですか？」

演技による明るいキャラで素早いツッコミを入れた雪希《ゆき》は、そう尋ねた。

「ああ。男として、本音では女の子と一緒の方がいい。だが、逃げた俺に取り残されてしまう女の子がかわいそうだ」

「えー」

予想以上にヘタレな先輩に雪希は素で引いた。

「先輩、美少女おばけのおっぱいを撮るのでは？」

「ああ、もちろん！……だが、よく考えたら美少女おばけ以外はやっぱ怖いし、純粋に肝試しが怖い」

「えー」

せっかく彩人を励ました雪希だったが、無駄に終わったらしい。

「はぁい。じゃあ、次は彩人くん。どうぞぉ～」

「は、はい！」

まだ覚悟が決まらないのに順番が来てしまった。緊張しながら、彩人はあまり悩まないようにくじをひく。白い紙を開くと中には『B』の文字。すると、冬夜が話しかけてきた。

「あ、彩人。僕とペアだね」

「いよっしゃあああああ！」

祈りが通じた！　望んでいた結果に、彩人は歓喜する。が、しかし――ぴぴぴ、と冬夜のスマホが音を奏でる。

「はい、もしもし――姉さんっ！……うん、わかった。今すぐ行くよ」

優し気な声で通話を切った冬夜は、幸せそうな笑顔を彩人に向けてくる。

「ごめん、彩人。姉さんが録画の仕方がわからないらしいから、いったん帰るよ」

「友よおおおおおおおおおおっ！」

何よりも姉を優先するシスコン王子は速攻でその場から消え、彩人は絶望した。

「あらぁ。じゃあ、人数が変わっちゃったわね～。じゃぁ、彩人くんのペアはぁ～、白宮《しらみや》さん、してくれるぅ～？」

「え。それは、ちょっと……」

「後輩いいいいいいいいいいっ！」

「冗談です」

おばけ部部長のお願いに、まだくじをひいていない雪希は頷《うなず》いた。

「じゃあ、これから肝試しをはじめまぁ～す♡　ということで、みなさんには校舎に入る前に、この学園にまつわる七不思議のひとつを聞いていただきまぁ～す♡」

　なんですと？　この部長さん、今でさえ恐怖が心という名の容器をマックスで満たしているのに、さらに恐怖を注いで溢《あふ》れさせるつもりだ。笑顔が可愛すぎる。真夏の太陽のように爽やかに輝いてる。これから恐ろしい怪談を話す人の顔じゃねええぇ！

「清風《きよかぜ》学園は歴史が長いので～、その間にいろ～んなことがあったの。その中に、【スライム人間】ていうお話があってね～」

　……聖花に目を向ければ、案の定、血の気が引いて顔を真っ白にしていた。もし、吸血鬼さんが現れても血を吸えない感じ。

「あるクラスにね、仲のいい三人の生徒がいたの。その三人は固い絆《きずな》で結ばれていて、本当の親友同士だった。いつまでも一緒にいようねって、約束もするくらい」

　導入は明るい感じだ。だが次の一言で聖花は一瞬呼吸を忘れる。

「でもある日、その内の一人が階段で足を踏み外して死んじゃったのね～」

　家にお財布忘れちゃったの～みたいな軽さで恐ろしい怪談を語られる。変に雰囲気作られるより怖い。

「そうしたら数日後、残された二人の内の一人が屋上から飛び降りて死んじゃったの」

　その生徒は親友の死に耐えられなかったのだろうか？　彩人はごくりと唾を飲みこんだ。

「残った最後の一人はショックを受けてね。自分の部屋で、ベッドの上で泣きながら、『二人に会いたいな』って呟《つぶや》いたの。そしたら」

ぐちゃり。

そしたら、急にぐちゅぐちゅとした奇妙な音が聞こえてきた。

ぱちん、と何かが弾《はじ》けるような音がして、気づけば自分が寝ているベッドが濡《ぬ》れていた。

鉄さびのような匂いにつんと刺激を受けて目を開ければ、部屋の天井に死んだ二人の姿があった。

死んだ時に身体が壊れたからだろうか？　ばらばらになった身体のパーツが仲良くぐちゃぐちゃに混ざっていて、二人は形の悪いスライムみたいな姿だった。

天井に張り付いた二人は、血をぼたぼたと滴らせながら笑っている。

——迎えに来たよ。

そのまま落ちてきた二人に残された一人はつぶされ、ひとつになった。

こうして仲のいい三人は約束どおりいつまでも一緒にいることになり、青春を取り戻すために学園へ住み着き、楽しく暮らした。けれど長い時が経《た》つと、三人は仲間が欲しくなった。

——そうだ。みんなも仲間に入れてあげよう。

以来、最初の一人が足を踏み外して死んだ階段の近くなどで、学園の生徒が行方不明になるようになった。今も、ぐちゃぐちゃと混ざり合い、スライム人間になった三人は、新しい仲間を求めて夜の校舎を彷徨《さまよ》っている。

ほら、今もあなたの後ろに——。

「「「「わぁ！」」」」

「うおおおおああああああああああああっ？」

「きゃあああああああああああああああっ！」

怪談が終わるや否や、おばけ部部員が数人がかりで脅かしてきたので、彩人《あやと》と聖花《せいか》は飛び跳ねる勢いで悲鳴をあげる。心臓がどくどくと脈打ち、全身がひやりとした。

こわっ！　なにすんの、この人たちっ？　え、てかマジで無理無理無理！　俺ホントこういうの無理！　想像しちゃったよ！　怖すぎだよ！　もう学校で一人になれねぇえ！

案の定、聖花はあまりの恐怖に魂が抜けたようになっている。

助手たちはっ？　と彩人が目を向けると、雪希と奈々枝の二人は涼しい顔をしていた。

君たち、メンタル強すぎない？

静《しず》先生は……青ざめた顔で思い切り震えている。あなたは仲間だと信じていました。

「はい♡　というわけでぇ～、そんなスライム人間の目撃証言が多い、こちらの校舎で肝試しをしまぁ～す♪　ちなみに、一人目と二人目の生徒が亡くなったと言われている階段と屋上もコースにばっちり含めてますので、お楽しみにぃ～♪　じゃぁまずは、Aのペアからどうぞ～♪」

そうしていよいよ始まる肝試し。今みたいな怪談の舞台を肝試しに使うって正気ですか？　大丈夫ですか、おばけ部部長さん？　あんまりやりすぎると本気で祟《たた》られますよ？

「……あ、ぅ」

Aのペアは、聖花と奈々枝。すでにノックアウト寸前といった様子の聖花だが、親友の爽子《さわこ》の手前、無様な姿を晒《さら》すわけにはいかないのだろう。

本当ならすぐさま逃げ出したいところをぐっとこらえ、震えながら聖花は奈々枝の腕にすがり、しがみついた。

「ごめんなさい、奈々枝さん。わたくし、目を瞑《つぶ》ってずっとこうしていますから、ゴールまで連れて行ってください神様仏様マリア様お母様お父様ご先祖様奈々枝様どうかお助けください……」

「聖花は本当に怖がりだな～。大丈夫だよ、何があってもわたしが守るから」

さすがは女子からも人気の奈々枝さん。聖花を労《いた》わりながら軽い調子で校舎の入口へ入っていく。うっかり惚《ほ》れてしまいそうなカッコよさだ。

「いってらっしゃ～い♪♪♪」

ジャンル問わず救いを求める聖花を文字どおり引っ張りながら、奈々枝は校舎の中へ。

それを嬉《うれ》しそうに見送るおばけ部部長。この人、さっきからテンション爆上がりだ。

「じゃ～ぁ、五分経ったら、彩人くんと白宮さん、スタートしてくださいねぇ～」

あ、なんだろう。もの凄《すご》い可愛い笑顔なのに、めちゃくちゃ怖い。この人、俺らを震え上がらせる気満々だ！

『っ！……ひっ、きゃあああああああ！　いや！　いやあああああああ！』

『うわっ！　すごいな、これっ！　あはは、怖いっ！』

『きゃあああああああああああああああああああああああああ！　やあああああああああああああああああああああ、……あは、あははは！……きゃああああああああああああああああああ！』

そして、速攻で聞こえてくる聖花と奈々枝の悲鳴。主に聖花の悲鳴が凄《すさ》まじく、奈々枝は怖がりながらもスリルを楽しんでいる様子。ていうか、聖花の叫びが尋常じゃない。

「っ！　ちょっと待ってくれ、おばけ部部長さん！　入り口入ってすぐこれかっ？」

「はぁい。今回は彩人くんの要望に応えてウルトラエクストラバージョンだからぁ……ふふ、怖いよぉ？」

『いやあああああああああああああああああああああああああああああああああああ！』

聖花の叫び声が聞こえる。

……すまん、聖花。彩人は心の中でもう一度、聖花に土下座した。

「……そういえば、静先生は参加しないんですか？」

最初からずっとそばにいて、そしてずっと黙っている静に彩人は尋ねた。

「……え、ええ！　ほら、先生は、なんていうか、そう、監督役だから！」

逃げ上手か！　職を盾にうまく逃げる静を彩人はうらやましく思った。

「あらぁ、そんなこと言わずにぃ～。冬夜くんは帰っちゃいましたけどぉ。特別に、おばけ部の期待の新人がペアになって先生をエスコートさせていただきますからぁ」

「ひいッ！　か、神崎《かんざき》くん、助けてぇ！」

がし。逃がさないとばかりに、おばけ部期待の女子部員（おばけ仮装中）に後ろから肩を摑《つか》まれる静。どうやら、静もホラーは苦手らしい。すいません、静先生。俺にはどうすることもできません。彩人は心の中で合掌した。

「五分経ちました。行きましょう、先輩」

……やがて、スマホのライトで顔を青白く照らす雪希が、冷静にそう告げる。

「あ、ああ。ついに、行くのか……ていうか、助手はさっきから冷静だな。おばけ、怖くないのか？」

「はい、おばけは苦手ではないので」

「この後輩、頼もしい！」

頼りにならない先輩は、頼りになる後輩の背中について校舎の中へ足を踏み入れた。

「うがあ」「うあっ、うあっ」「オオオオオオ」「ばあああ」「ギギギギ」

入って早々、ゾンビたちに襲われた。

ハリウッドも真っ青の特殊メイクをほどこされた、クオリティ高すぎるゾンビたち。

真っ暗な校舎の中、わらわらと集まり崩れた両手を伸ばしてくるその様は、かなり怖い。

失神者も出ると噂《うわさ》されるおばけ部の肝試し——トラウマになるけど病みつきになるという評判も頷けると雪希は思った。

中等部時代に映研に頼まれて映画に出演した際、雪希は撮影で使う特殊メイクをかなり本格的に学んだ。そんな雪希から見ても、おばけ部のゾンビたちのメイクは思わず感心してしまうほどの出来だった。

「すごいですね、せんぱ……」

雪希《ゆき》はおばけ部の頑張りを見て純粋に心打たれながら、隣にいる彩人に話しかけ——

「ぎゃあああああああああああああああああああああああああっ!」

ようとしたのだが、彩人は悲鳴をあげながら速攻で逃げ出した。

「……先輩」

可愛《かわい》い後輩ちゃんをゾンビの群れの中に置き去りにする先輩。情けないことはわかっているが、彩人はすでに限界を突破していた。

「すまん、助手うぅぅううううううううう!」

立ち止まるなど、ありえない。

だって、演技が凄すぎる! マジで現実から異世界へ入り込んだような錯覚に陥る!

ていうか、この中に本物のゾンビが交ざっててもわかんないよ、マジで!

真っ暗な夜の校舎でリアルゾンビの群れに襲われる恐怖は、耐えられるものじゃない!

「はあ、はあ、はあ……」

腕が千切れんばかりに、そして校舎の床が砕けんばかりに逃げた彩人は、ようやく一息ついた。暗闇の中、消火栓の灯《あかり》が輝いている。

「……聖花は、あれにやられたのか」

あれは聖花には耐えられない。あの悲鳴も納得だった。今度会ったら、もう一度土下座して何か好きなものを奢《おご》ってあげなければ。

「はあ、はあ、先輩。足、速すぎです」

「す、すまん。助手。マジで」

速攻で逃げ出した情けない先輩に必死についてきた後輩は、「はあはあ」と呼吸を繰り返す。実は逃げながらも気遣っていたが、雪希は迫りくるゾンビに悲鳴ひとつあげず、彩人の背中だけを追いかけていた。この後輩、メンタル強い。

「……すまん、助手。情けないとわかっているが、ひとつ、頼みがある」

「……なんですか？」

暗闇の廊下で、彩人は土下座しながら後輩の助手に願う。

「この肝試しが終わるまで、手を繋《つな》いでください！」

「いいですよ」

「えっ、いいのっ？」

がばっと顔をあげる。男、先輩……あらゆる恥もプライドも投げ捨てての願いだが、まさか、あっさりオーケーしてもらえるとは思わなかった。

「どうぞ」

廊下に膝をついている彩人に、雪希は手を差し伸べた。細く、小さく、そして雪のように美しい手だった。

「あ、じゃあ……て、いやいや、すまん。やっぱ、なし。さすがに男として情けな――」

がたがたがたっ！（ガラス戸が風で揺れているように見せかけ、おばけ部員が揺らしている音）

「この手を離さないでください！」

迫りくる恐怖に速攻で考えを改めて、彩人は後輩に甘える。

小さな手を握ると、繊細な柔らかさと熱が伝わってきた。

「――」

途端、彩人は我に返る。ちょっと待ってくれ。よく考えたら、俺、女の子の手を握るの、初めてだ。子供の頃は聖花と繋いでいたかもしれないが、もう記憶の彼方《かなた》。異性を意識してからは、これが初めての手繋ぎだ。なんか、体温が上がる。

「先輩、本当に怖がりなんですね」

「あ、ああ」

声が上ずる。油断すれば心臓が鼓動を始めてしまいそうな彩人とは違い、雪希は冷静だ。

「そうですか、じゃあ――」

「っ」

突然、雪希に手を引かれて距離が縮まったかと思うと、顎に指を添えられた。

「僕が君を守ってあげるよ」

――もはや恒例となった後輩の演技悪戯《いたずら》。

どうやら、今は女の子を守るイケメン王子様らしい。きりりとした瞳と、イケボのコンボ。瞳をまっすぐに見つめられ、甘く囁《ささや》かれた。そして、顔も近い。

……いや、なにこれ――カッコ可愛い！

未《いま》だかつて経験したことのない衝撃が、彩人を駆け抜ける。

「――っっ」

え、なにっ？　イケメン女子ってこんなにカッコよくて可愛いのっ？

なにこの気持ちっ？

「……白宮《しらみや》先輩」

あまりのイケメン女子ぶりに、彩人は心まで乙女になり後輩になった。

「――て、違うわ！　あぶねぇえ！　危うく、女として惚れるところだったわっ！」

「くす。先輩、行きますよ」

演技で先輩をからかってくる後輩は、いつもと変わらない様子で手を引いた。

……この後輩、ホントに頼りになりすぎる。

「……ところで、助手。今の内に言っておきたいんだが……」

「はい、なんですか？」

「ガチで怖くなったら、俺は助手を置いて逃げるかもしれん。その時は、マジでごめん」

「お好きにどうぞ」

淡々と答える雪希。なんか声は普通だけど違和感がある。彩人《あやと》は恐る恐る尋ねた。

「……今、俺の好感度、どのくらい下がった？」

「そんなに下がってません。軽くマイナス五億ポイントくらいです」

「ですよねえええええ！」


それから、おばけ部の用意した仕掛けを次々とこなしながら、彩人と雪希は夜の校舎を進んだ。お互いの手は繋がれたまま。

おばけは一定間隔ごとに現れ、脅かしてくる。その道中、いつからか彩人と雪希は無言になっていた。雪希と手を繋いだまま、突然現れるおばけや仕掛けに彩人がどっきりして、雪希が冷静に彩人の手を引く。……あまりにも沈黙が続くので、彩人は不安になってきた。

（あれ？　これ、なんか話さなくてもいいの？）

この春から一緒にいる後輩だが、不思議と気を遣わなくてよく、一緒にいてもそんなに会話に困ることはなかった。

が、今この瞬間、なぜか会話がない。そして、何を話せばいいのかわからない。

いいや、本当は原因はわかっている。言うまでもなく、この繋がれた手だった。

ずっと繋がれたままの手。ダイレクトに伝わってくる掌《てのひら》の感触、熱。

女の子の手って、こんなに小さくて柔らかかったのか。

途中から彩人は恐怖心よりも羞恥心の方が勝り、おばけよりも雪希がこの状況をどう思っているのか気になって仕方がなかった。

「ばあっ」

……雪希の横顔をちらりと窺《うかが》えば、やはり冷静に見える。普通に平気そうだ。く、男として見られてないのか、俺。と彩人は悩み、せっかく頑張ったのにスルーされたおばけ役の生徒が落ちこんでいた。

「……」

だんだん、彩人は体温が上がり、顔が赤くなる。

なんか、いつも一緒にいる後輩を女の子として意識することが、すっごい落ち着かない。

……それに、知らなかった。……誰かと手を繋いでいるだけで、こんなに安心するんだ。

「～～」

気恥ずかしくて、後輩の顔を見れない。だから、彩人は気づかない。

わずかに彩人から背けた雪希の顔が、ほのかに染まっていることを。


ずる、ずる……ぬちゃ。


「っ」

突然のことだった。何かを引きずるような音、そして、気味の悪い粘着質な音が、廊下に響き渡る。ぺちゃ、ぶちゅ……ぐちゅ、ぐちゅ。

「な、なんだ……っ？」

音だけで心に恐怖の剣が刺さり、彩人は悲鳴のような声をあげた。

次のおばけか？　いやしかし、それにしてはなんだこの――恐怖は。

音はどんどん彩人と雪希のもとへ近づいてきて――やがて、その姿を現した。

「「――」」

それは、人が三、四人混ざったような体積の何かだった。ぐちゃぐちゃとした半固形状の液体が、形の悪いスライムのように廊下を這《は》っている。

色は、紫と黄緑が混ざり合った気味の悪い色。身体《からだ》のところどころに生まれる気泡がぱちっと弾《はじ》けて水滴を飛ばす。その何かが這った廊下は、派手に濡《ぬ》れていた。

……いや、いやいやいやいやいやいや！　これは、やりすぎだろ！　迫力ありすぎ！

「………っっ」

悲鳴をあげそうになるのを堪《こら》え、彩人は目の前の怪物を注視する。

ぎゃあああああ！　てか、これ、あれじゃん！　校舎に入る前におばけ部部長さんが話してた怪談のスライム人間じゃん！　うわ！　こわ！　マジで、こわ！

え、これ、造り物だよねっ？　本物じゃないよねっ？　中におばけ部員が入っているんだよねっ？　てか、廊下とかめっちゃ濡れてるんですけど、いいのっ？

「……オ……オォ、オオオオ」

「「っっっ！」」

しまいには恐ろしいうめき声をあげながら廊下を這い、さらに近づいてくる。

やべえ！　これ、本物が出たんじゃないのかっ？　と思うほどの恐怖！

肝試しや怪談をしていると、本当に幽霊やおばけが出るという。

まさか、あの怪談は本当の話で、本物が出てしまったんじゃないだろうか？……いや、そんなわけがない。リアルすぎるけど、おばけ部の作り物に決まっている。でも、このまま飲みこまれてしまいそうな恐怖が半端ない。

「……じょ、助手」

救いを求めるように雪希に視線を送った彩人は、そこで気づく。

「……」

雪希が、瞳を揺らし、カタカタと身体を震わせていることに。

さっきまでどんなおばけが出ても平気だったのに、今、雪希は本物の恐怖に支配されていた。やがて、雪希はぺたりと廊下に座り込み、彩人と手を離してしまった。

「じょ、助手！　しっかりしろ！」

「……ごめんなさい、先輩。逃げてください」

本当に動けないらしい。

怪談を聞いている時は涼しそうな顔をしていたが、内心ではけっこう怖がっていたのかもしれない。恐怖に支配された後輩は顔を真っ青にして早々に自分の命を諦めてしまった。

やばい。これ、本物かもしれない。助手がここまで怖がるとか、マジでヤバイ。

「オオオ……オオオ……」

何かを求めるように、怪物はびちゃりびちゃりと廊下を濡らしながら這ってくる。心なしか、徐々に速度が増している。これ、やばい。本物だろうが偽物だろうが、とにかく今すぐ逃げないと本気でヤバイ。生存本能がガチの逃走を推奨している。

だが、雪希《ゆき》は今、動けない。廊下に座り込んだまま、恐怖で震えている。

「……助手！　摑《つか》まれ！」

「っ、せんぱっ」

彩人は雪希の背中と膝裏に腕を回し、ぐいっと持ち上げる。

「死んでたまるかあああああああ！」

俗に言うお姫様だっこで雪希を抱えたまま、彩人は全力疾走でその場から逃げ出した。

「「「……」」」

彩人と雪希が廊下の闇に消えた後、あとに残された怪物の背中のチャックがちぃと開いた。

「ぷは、部長。これ、やっぱり、熱いですよ。夏とか絶対着れないですよ、これ」

「あらぁ、やっぱりぃ？」

「あっつー、腰いたー！」

そうして、怪物の中から三人の水着美少女が出てきた。一人はおばけ部部長で、残りはおばけ部部員だ。

「それに、これ、身体思いっきり濡れますし！　ねとねとしていますし！」

「リアルを追求したくてぇ〜」

粘液塗《まみ》れの水着美少女たち。

このおばけの特性上、ずぶ濡れになるので水着を着ていないといけなかった。

水着になってさらに大きさを増したおばけ部部長のおっぱいのエロさが半端なかった。

「それに、このおばけ怖すぎると思います。さっきの二人も本気で逃げてましたし」

「お嬢様の先輩は、気絶していましたよ」

「やっぱり、そうかしらぁ。じゃあ、今度はもうちょっとマイルドに改良する感じでぇ」

——ぴぴぴ、とおばけ部員のスマホが鳴る。

「はい、もしもし。あ、はい。部長、もうすぐ静《しず》先生がここへ来るみたいです」

「わかったわぁ。じゃあ、最後に静先生を驚かせてこのおばけは封印しましょう」

「静先生、泣いちゃうとかかわいそうですから、手加減しましょう」

そそくさと怪物のきぐるみを着こみ、チャックを閉めるおばけ部員たち。

ちなみに、濡れた廊下を含めた肝試しの舞台は後程きっちりとおばけ部が清掃し、肝試しをする前よりも校舎の中が綺麗《きれい》になったという。

「はあ、はあ、ここまで来れば、大丈夫か」

おばけ部の指定ルートから外れた廊下で、彩人は立ち止まった。

「……さっきの、マジのおばけだったのか？」

わからない。マジで判断のつきかねるクオリティだった。でも、全力で逃げて正解だったと本気で思う。それくらいの計り知れない本物の恐怖があった。

「……あの、先輩」

「ん？」

「……下ろしてください」

「！　そうだった！　すまん！」

逃げることに夢中で、後輩をお姫様だっこしている事実を忘れていた。

ていうか、後輩をお姫様だっこしちまったよ、俺！

今さらになって後輩の身体の感触が感じられ、慌てて打ち消す。

彩人が優しく雪希を下ろすと、雪希は自分の足でしっかりと廊下に立った。

「……先輩。その、ありがとうございました」

頬を染め、どこか落ち着かない様子で雪希は彩人にお礼を言う。

「……先輩は、わたしを置いて逃げなかったんですね」

入り口のゾンビで速攻で逃げ出し、後輩に手を繋《つな》いでもらい、ガチで怖くなったら雪希を置いて逃げるとまで言っていた彩人。しかし、実際は自分の危険を顧みず助けてくれた。

「いやいやいや、普通に命に代えてでも助けるわ！」

右手をぶんぶん振りながら、彩人ははっきりとそう言う。おばけは死ぬほど苦手だし死ぬのは怖いけど、マジの危機で女の子を置いていけるわけがなかった。

「……そうですか」

雲が動き、月の光が地上へ降り注ぐ。

校舎の窓から差し込んだその光は、雪希を淡く照らし出した。


「……ありがとうございます、先輩」


その、光景に……彩人は思わず見入る。

月光の中、微笑《ほほえ》む少女。絶好のシャッターチャンスを前に、しかし彩人は首から下げるカメラの存在すら忘れ、ただただ目の前の美しい少女を心のフィルムに焼き付ける。

「先輩？」

「……あ！　す、すまん」

俺、今……助手に見惚《みと》れていたのか？　自覚して気恥ずかしくなるが、気持ちをごまかすことができない。それくらい、月明かりの中で微笑む後輩は……美しかった。

「――」

……あれ？　ちょっと待て？……この微笑みを、以前にどこかで……

意識が夜の校舎から離れ、記憶の彼方《かなた》へと飛んでいく。

胸をあったかくするような可愛《かわい》いらしい笑顔……たしか、あれは……

何か大切なことを思い出せそうな気がする……そう思い、記憶の断片に手を伸ばす。

しかし記憶の糸は風に飛ばされるように遠のいていき、すぐに何も思い出せなくなった。

「ぼうっとして、どうかしたんですか？」

「っ。あ、いや、悪い。なんでもないよ」

内心の出来事に戸惑いながらも、彩人《あやと》は心配してくれる雪希に笑いかける。

今、自分が何を思い出そうとしていたのか、わからない。でもそれは、とても大切なことのような気がする。とはいえ、今は目の前の後輩と向き合おう。

「……ていうかあれか、今ので俺の好感度、少しは上がったか？」

苦し紛れのごまかしで、彩人はそんなことを尋ねてみる。雪希は、微笑みながら答えた。

「はい。2ポイントくらい上がりました」

「マイナス500，000，000ポイントの負債があったはずだけどっ？」

好感度が下がるのは簡単だけど、上げるのは難しい。と、彩人が現実の好感度パラメーターシステムの厳しさを噛《か》みしめていると、悲鳴が聞こえてきた。

「きゃああああああ神崎《かんざき》くん助けてええええええええ！」

「んぷっ！」

そして、襲い来るおっぱい。おっぱい？　おっぱあああああああああああい！

「ふえええええ！　出た！　本物が出ちゃったよおおお！」

その正体は、静のおっぱいだった。おばけを怖がって助けを求める静は、彩人に抱き着いてきた。そう、静は超巨乳。俗に言う、おっぱいおばけだった。

もにゅうん、たゆうん、ぷに、ぷに♡　怒濤《どとう》の感触が襲い来る！

「怖い！　怖いよ、神崎くうううううん！」

「ちょ、静せん……」

おっぱあああああああい！　美人巨乳教師の爆乳が、俺の顔にいいいいいいい！

迫りくるおっぱいで溺れる彩人。思考がおっぱいの柔らかさに塗りつぶされていく。

必死で彩人にしがみつく静はそのことに気づかず、さらにぎゅううと彩人を抱きしめ、おっぱいを押し付けてくる。もにゅにゅん♪

「――」

それは、天国だった。極楽だった。おっぱい的に天上天下唯我独尊だった。

当然ながら、その衝撃と幸福は無限であり宇宙であり――自然、窒息寸前の最中、静のおっぱいのあまりの素晴らしさに彩人は……気絶した。

「あの、静先生」

「ふえええ……え、し、白宮《しらみや》さん？」

「先輩が、静先生のおっぱいで窒息してます」

「！　ご、ごめんね、神崎くん！……神崎くんっ？　しっかりしてええ！」

本日の肝試しの結果。気絶者二名――神崎彩人と清花院聖花《せいかいんせいか》。

二人は二度と肝試しはしないと誓ったという。

9枚目■女神たちの湯あみ

「はあ、大変な目に遭いましたわ」

そこは、学内にある宿泊施設の大浴場。

改装されたばかりのそこは、高級ホテルもかくやというほどの機能と設備を有しており、これを合宿の楽しみのひとつとする生徒も多い。

大勢の生徒が利用できる広さになっているが、現在合宿を行っているのはカメラ部とおばけ部のみ。おばけ部の生徒たちは片付けの真っ最中なので、今はカメラ部の女子メンバー……雪希、聖花、奈々枝《ななえ》の貸し切りだった。

ちなみに静は責任を感じて、気絶している彩人の看病をしている。

彩人と冬夜《とうや》が二人で泊まるツインルーム。その部屋のベッドで眠る彩人をかいがいしく世話する静は、まさに聖母のよう。

加えて、清風《きよかぜ》学園の宿泊施設は高級ホテル並みの質の高さを誇る。そんな豪華な部屋で美人巨乳教師に看病してもらえる彩人は幸せ者である。

「わたしは、けっこう楽しかったけど」

いつものポニーテールを解《ほど》き、長い髪を湯船に浮かべる奈々枝はスポーツ少女の雰囲気から一転、大和撫子《なでしこ》や深窓の令嬢と表現した方がしっくりくるような美少女へと変貌していた。

陸上で鍛えられたしなやかな身体《からだ》で源泉かけ流しの湯に浸《つ》かっている彼女は、癒された表情をしており、とても艶美だ。

「わたくしはもう、二度とごめんですわ」

対する聖花は、肝試しで心身共にダメージを負っており、ようやく一息つけたといった様子。

令嬢としての規則正しい生活とお抱えの栄養士の指導により、美と健康を保つ聖花は、頼りなく、けれど美しい花のような肢体を湯の中で温めている。

「爽子《さわこ》さんには悪いことをしてしまいましたわ」

実は聖花がおばけが死ぬほど苦手だったことを知った彼女は泣きながら平謝りし、見栄《みえ》を張っていた自分にも責任があると聖花も平謝りした。

「――聖花さん」

「っ――ゆ、雪希さんっ？」

聖花は、せっかくだからと雪希と奈々枝を誘い、一緒にお風呂に入ることにした。

しかし、雪希から先に入っていて欲しいと言われたので、奈々枝と二人で先に湯に浸かっていたのだが……。

その雪希の声がありえない方向から聞こえたので、聖花は素っ頓狂な声をあげてしまう。

「あ、あなた、まさか、男湯にいますのっ？」

「はい」

雪希の声は、男湯の方から聞こえてくる。

男湯と女湯をわかつ壁は、上の方が開いており声はよく通るようになっていた。

「今合宿しているのは、カメラ部とおばけ部だけです。そして、男子は先輩と冬夜先輩だけです」

彩人はまだ気絶しているし、冬夜は自宅へ帰り姉と一緒に映画（録画もしている）を見ているので、しばらくこっちへ戻ってこないそうだ。

「すみません。一緒にお風呂に入れない理由がありまして、わたしはこちらで入らせていただきます」

「あなた何考えてますのっ？」

後輩の考えがわからない先輩の図。明らかに常識はずれな雪希の行動に、聖花は頭を両手で抱えて困惑していた。

「……すみません」

雪希《ゆき》とて、自分が異常な行動をとっていることは承知の上。けれど、自らの歳《とし》不相応な超巨乳を晒《さら》さないためには、いたしかたないことだった。

時間をずらしてもよかったが、聖花が彩人に聞かれたくない話をしたがっている雰囲気を見せたことや、このあとはおばけ部の入浴も控えている上に大浴場の使用時間が定められていることなどから、長湯の雪希は今入るしかなかった。

最悪、胸のことは聖花や奈々枝にバレてしまってもよいが、聖花か奈々枝から彩人にバレてしまうのは避けたかった。

「静《しずか》先生にも話をしてありますので、先輩が目を覚ましても、男湯には来ません」

「そういう問題ではないですわっ！」

なぜ雪希がそうまでして一緒に入りたがらないのか、聖花には納得できない。

「まあ、いいじゃん、聖花。きっとなにか理由があるんだよ」

対照的に、奈々枝はあっさりと雪希の願いを聞き入れる。それは雪希の気持ちを慮《おもんぱか》ってのことであり、竹を割ったようにさっぱりとした性格をした彼女らしい答えだった。

「すみません、聖花さん」

「──わかりましたわ」

壁越しに聞こえる雪希の申し訳なさそうな声。理解できないながらも、聖花は承知した。

「ただし、安全は確保させていただきます！」

そう言うと聖花はざばりと湯船から上がり、脱衣所の方へおっぱいを揺らしながら移動する。そうして、少しの時間のあと戻ってきた。

「スマホでおばけ部の方たちに連絡をとりましたわ。一名、男湯の前で見張りをしてもらい、誰も入ってこられないようにしましたわ」

「……聖花さん、ありがとうございます」

聖花の気遣いに、雪希は壁越しにお礼を言った。

「……なんですの？」

ちゃぷんと湯船に身を沈めた聖花を、奈々枝が優しい表情で見つめていた。

「いや、聖花はやっぱり優しいと思ってさ」

「常識的な行動をとっただけですわ」

ツンデレじみた仕草をする聖花に、奈々枝はまた微笑んだ。

……ぴちょん。

天井から垂れた水滴が、湯船へ落ちた。そこからは会話が途切れ、無音となる。聖花と奈々枝は女湯で、雪希は一人男湯で、源泉かけ流しのお湯を身体に染み渡らせていた。

「……」

聖花の肌は、白い。お嬢様として温室で育ったが故の、穢《けが》れを知らない無垢《むく》な白さ。

Gカップの大きな胸は、浮力により浮き上がり、バストトップはつんと上を向いている。神が造りし見事な造形美は、重力によっていささかもその意味を失うことはない。

全体的にしなやかな印象を受ける聖花の身体は、人形のようにバランスよく均質化され、芸術品のような美しさを体現している。

健康的な食生活に加え、毎日、美を保つためのエクササイズを欠かすことなく続け完成されたその身体は、見る者にため息をもたらす。

「……はあ」

かたや、極楽な湯船に浸かり、幸せのため息を零《こぼ》す奈々枝の身体は、鍛え抜かれたアスリートのそれだ。

鍛えられた筋肉によって引き締まった身体は、お人形のような聖花とは対照的に、野性味のある力強い美しさを表現している。

かといって、女性らしさは一切損なわれておらず、むしろ健康的な運動によってのみ表現される女性の美を見事に顕現していた。

聖花と同じGカップの胸もスポーツの魂を受け継いでおり、健康的な美を見せている。

「……」

一方、男湯。

雪希の肌は、名のとおり雪のように白く、幻想的な色合いをしていた。

触れたら壊れてしまいそうなガラス細工の繊細さを窺《うかが》わせ、背が低く華奢《きやしや》なその身体から、幼い雪の妖精が入浴している絵画を見ているような気持ちになる。

にもかかわらず、それらの雰囲気をまとめて吹き飛ばしてしまうような、ある種暴力的なまでの大きさを誇るおっぱい。

推定Hカップを誇るそのバストは、幼い容姿に似合わぬ迫力を見せている。

そして、その美しさ。大きすぎるハンデをものともせず、そのおっぱいは、色、艶、張り、質感、あらゆる要素を完璧なまでに整えている。

過剰なまでの美は、時に破壊をもたらす。その美を目の前にすれば、どれほど理性を保とうとしても、魂まで屈服し、幸福を得るだろう。

「あの、聖花さん――お話とは、なんでしょうか？」

沈黙を破ったのは、雪希だった。湯で若干ほてった声を出す雪希は、熱に浮かされたようにとろんとした瞳を浮かべている。

「……あなたに、聞きたいことがあったのですわ」

雪希よりも先に入っていた聖花は、涼を求め、湯船の縁に腰掛けた。

「あなたはなぜ、彩人《あやと》に協力するのです？」

普通、「おっぱいを撮りたい！」などとのたまう男子のそばに、女子はいない。

しかし、雪希はそんな彩人に寄り添い、協力すらしている。

聖花には、その理由が理解できなかった。

「あなたは、彩人のことをどう思っているのですか？」

再び、沈黙が降りる。

大胆なまでに踏み込んだ質問。けれど、聖花はどうしても確かめねばならなかった。

その行動をもたらした、自身の恋心には気づかないままに。

沈黙の中で自分の気持ちを求めた雪希は、少しの間を置いて言葉にする。

「わたしにとって、先輩は――応援したい人です」

それは、雪希の本当の気持ち。偽りなく、加工もされていない、純粋な心。

「なぜ、応援したいのですか？」

しかし、それだけでは聖花《せいか》の納得は得られない。

続く質問に、雪希は間を置かずに答える。


「楽しいからです」


本当に楽しそうな声だった。子供のような無邪気な声に、聖花は一瞬、面喰《めんく》らう。

「先輩は、面白いです。一緒にいて楽しいから、応援したいんです」

「……」

「それに、先輩は、誰かを悲しませてまで、おっぱいを撮る人じゃありませんから」

それはそのとおりだと、聖花も思う。

おバカに見えて、あれで一線は守っている。聖花と奈々枝におっぱい写真をお願いしたのも、二人なら話を聞いてくれるという信頼があったからだろう。

許可なく誰かのおっぱいを撮るような真似《まね》を、彼は絶対にしない。それを、この小さな後輩はわかっている――その事実が、聖花の心に小石を投じ、わずかなゆらめきを生じさせた。

彩人のことを一番わかっているのは、自分――そのアイデンティティが、いとも容易《たやす》く揺さぶられる。

誰もが彩人を誤解する中、彼を一番信じ理解しているのは自分——その考えが覆された。

「なるほど……あなたの気持ちは、わかりましたわ」

つとめて冷静な声を演じ、聖花はそう答える。つまり、単純に雪希が彩人を気に入っているということ。そうなると、それは人間関係上の相性の問題。

カメラ部で彩人と出会った雪希は、彩人が真面目で優しいことを知り、楽しいから一緒にいたいと思っている。その上で彩人を信じているため、おっぱい写真にも協力する。

『——こんな稀有《けう》な子がいるんですのね』

そういう形で、聖花は納得した。しかし、それは同時に、危うい事実をも露呈する。

どんな理由であれ、おっぱい写真を目指す男子のそばにいる——それくらい、心を許しているということ。

いまだ彩人への気持ちを自覚していない聖花ではあるが、その事実には多少焦りのような感情を覚えた。

彼女は今、自分がどうしてこんな質問をしているのか、わかっていない。

「ちなみに、奈々枝《ななえ》さんはどうして彩人に、お……む、胸を撮らせてあげたのかしら？」

「わたし？　わたしは——彩人なら『まあ、いっか』って思ったから」

落ち着かない気持ちのまま問えば、奈々枝は青空のように澄んだ様子で答える。

「そ、そんな理由で……」

「もちろんわたしだって、誰にでもおっぱいを撮らせるわけじゃないよ」

戸惑う聖花に奈々枝はやはり爽やかに答え、そして聖花が自粛していた『おっぱい』というワードをこともなげに言っていた。

「わたしは、彩人の全力が見たかった。彩人が真剣におっぱいを撮りたがっていることがわかったから、わたしも全力で応えただけだよ」

つまりは、そんなの——どちらにしろ、彩人をにくからず思っている証左。

聖花の心がまた揺れる。

「……まったく、雪希さんも奈々枝さんも、どうかしていますわ」

聖花はまたひとつ、焦りのような感情を覚える。

「そういう聖花は、どうなの？　彩人のこと、どう思っているの？」

「っ。わ、わたくしは——」

動揺してわずかに身体《からだ》が揺れ、聖花の細い足で力を加えられた湯がわずかにはねる。

「〜〜」

温泉の熱でもともと赤かった聖花の頬がさらに色を増していく。

二人に聞いた手前、自分が答えないわけにはいかない。

悪あがきの逡巡《しゅんじゅん》を見せたあと、聖花は自分の気持ちを口にした。

「わたくしにとって彩人は——し、幸せになって欲しい人ですわ」

恋する乙女そのままに、恥じらいながら言う聖花は、とても可愛《かわい》らしい。

思わず、奈々枝に笑みが浮かぶほど。

「昔からの幼馴染《おさなじみ》ですし、彩人のことはよく知っています。胸を撮りたいなどとおバカなことは言っていますが……彩人がちゃんと優しい人なのは、わたくしが保証します——何を笑っていますのっ？」

途中から奈々枝が堪え切れないとばかりに笑いを我慢しているのを見て、聖花は顔を真っ赤にする。

「な、なんですのっ？」

「聖花って、可愛いな」

「聖花さん、可愛いですね」

あろうことか、男湯にいる雪希《ゆき》からも奈々枝と同じことを言われてしまう。

聖花の顔はぐわ～っと赤くなり、チューリップのようになる。

「もうこの話は終わりですわ！　わたくしは、身体を洗います」

「あ、じゃあ、わたしも」

聖花に続き、奈々枝も湯船から上がり、身体を洗いに行く。その様子を男湯から感じながら、雪希はわずかに微笑《ほほえ》むと同時に、心に生まれる感情に戸惑いを覚える。

「……」

雪希の顔は湯のせいで赤くなっている。けれどさらに身体を沈め、顔の半分まで湯に浸《つ》かると、ぷくぷくと息を吐いた。

聖花が彩人の幼馴染で、心を許していることは知っていた。奈々枝も、彩人のことをよく思っていて、仲がいいことも知っていた。けれど改めて二人の気持ちを聞いて、雪希は——聖花と同じような、焦りにも似た感情を覚えていた。

息が苦しくなったので、湯から顔をあげ、湯船の縁に身体を預ける。

ゆらゆらと昇る湯気の向こうで、水滴に濡《ぬ》れる天井を見上げながら雪希は呟《つぶや》いた。

「……先輩って、モテるんですね。……変態で、おバカさんなのに」


それから数十分後——壁越しに「わたしも、もう出ます」と聖花と奈々枝に伝えたものの、雪希は男湯の寝湯で、すやすやと眠っていた。

初等部の頃からこの学園にいる雪希は、中等部の演劇部の合宿でこの大浴場は何度も入っている。初めて入る男湯は女湯と作りが同じだったので、勝手知ったる我が家のように使い方は心得ていた。その安心感が油断を呼んだのか、見事に寝落ちしていた。

聖花と奈々枝は女湯からもう上がっており、今はおばけ部の女子部員たちが入っている。見張りをしてくれていたおばけ部の女子部員も、雪希の言葉を聞いた聖花の指示で見張りの役目を終え、女湯に入っている。

おばけ部の部長はスタイルがとてもよく、部員たちに騒がれていたが、やがてその本性をさらけ出し、女子部員たちのおっぱいを揉《も》んでいくという暴挙に出た。

そうして女湯はお祭り騒ぎのようになったが、それでも雪希はすやすやと眠っている。

――そうして、ある日の出来事を夢の中で追体験していた。


「あっは～ん♡」

それは、ある日のカメラ部の部室での出来事。

雪希が部室の扉を開くと、彩人がなにやら熱心な様子でスマホを見ていた。

かなり集中しているらしく、雪希が入ってきたことに気づいていない。

雪希は鞄《かばん》を置いて窓の向こうに見える海にちらりと視線を送ると、抜き足差し足忍び足で彩人の背後に近づく。スマホから聞こえる声や音から察するに、彩人はアニメを見ている。それも、どうやらエッチな奴《やつ》らしい。

雪希が彩人の背中越しに画面を覗《のぞ》き込むと、ちょうどヒロインの美少女がセクシーポーズをとりながら主人公を誘惑しているところだった。

「先輩、こういうのが好きなんですか？」

「うおおおっ」

びくぅっとなり、椅子から飛び上がる彩人。ぱっと見れば、そこには雪希がいた。

「じょ、助手！　来てたのか！」

「はい。たった今」

「そうか。すまん、気づかなかった」

「いえ。それより、先輩。そういうのが好きなんですか？」

「え」

割とエッチなアニメ（一応、一般向け。おっぱいがいっぱいな素晴らしいラブコメ）を見ていたところを後輩に見られ、さらに趣味嗜好《しこう》への質問をされてしまった。

彩人はだらだらと冷や汗をかき、落ち着かない気持ちになる。

「いや、好きというかなんというか……」

「嫌いなんですか？」

「愛しています！」

彩人は素直になることにした。

好きなアニメを嫌いだと誤解されたままではいられない。

「こんな風にぐいぐい来られたら、現実なら引いちゃうんじゃないですか？」

画面の中で積極的に主人公を誘惑するヒロイン。主人公は顔を真っ赤にしながら戸惑っている。

「いや、現実だとどうだかわかんないけど……見ている分には、嬉《うれ》しいよ？」

「それに、今時こんなセクシーポーズをとりながら『あっは～ん♡』なんて言う子、いないと思いますけど」

「いや、男としては嬉しいんだって、こういうの！」

それに、画面の中の女の子も必死なだけで、かなり恥ずかしがっている。あの『あっは～ん♡』も主人公のために無理しながらやっていたのだと思うと個人的には萌《も》える。

だが、雪希の冷ややかな雰囲気に、彩人《あやと》は反省する。

「あ、でも、悪かった。助手は、こういうの見ないもんな」

「はい、そうですね。ちなみに、わたしの推しは凜子《りんこ》ちゃんです」

「助手も見てるのかよっ！」


ぱち。――唐突に、雪希は目を覚ました。

自分が寝入っていたこと、ここが男湯であることを思い出して、はっとする。

備え付けの時計を見れば、大浴場の使用時間が終わろうとしていた。

「……やってしまいました」

自分のうかつさに呆《あき》れながらも、雪希は状況を把握する。誰もいない男湯。たぶん、まだ彩人は男湯に来ていない。もし来ていれば、大騒ぎになっているだろうから。

「……」

今、彩人はどうしているのだろう？　もしかして、まだ気絶したままなのだろうか？

それとも静《しずか》から雪希が男湯に入っていることを聞いて、お風呂に入れなかったのか。

いずれにしても早く出なければならないと、雪希は立ち上がった。

ずっと寝湯に浸かっていたから、熱で頭がぼうっとしている。

ぺたぺたと浴場の床を踏みしめ、出口へと向かう。その途中、姿見が目に映った。

「……」

雪希は寝起きの頭でぼうっとその姿見を見つめる。

同時に、先程夢に見ていた思い出が脳内を駆け巡っていた。

――この時、なぜ彼女がそのような行動に出たのか誰にもわからない。

神の思《おぼ》し召《め》しか、悪魔の悪戯《いたずら》か。

はたまた、寝起きでぼうっとしていたからか。

とにもかくにも、雪希は両手を頭の後ろに回し、身体をひねり角度をつけた――。


「はあ～」

その少し前、ようやく気絶から目覚めた彩人は大浴場へ向かっていた。

「……駄目だ。思い出せない」

彩人は想像を絶する美やエロスに出会うと感激のあまり気絶し、記憶を失うという体質。

肝試しで静におっぱいを押し付けられた彩人は、その記憶をまるごと失っていた。

目覚めた彩人の視界に部屋の天井が映り、ついでベッドのそばの椅子に腰掛ける静の姿を認めた。

「静先生は、俺がおばけに驚いて気絶したって言ってたけど……なんか、違う気がする」

恥ずかしさで慌てふためく静だったが、彩人が記憶を失っていることを知ると、戸惑いながらも、とっさに事実を改竄《かいざん》してしまった。

「なんか、なんか、とてつもなく素晴らしい出来事があった気がする！……のに、思い出せない！」

もやもやする。すっきりしない。

おばけが怖くて気絶……自分ならありうる話だが……なぜか、自分の中の男が「思い出せえええええええええええええ！」と叫んでいた。

「まあ、いいや。もうすぐ大浴場の使用時間終わるし、さっさと入ってさっさと出よう」

今は夏ではないが、汗はかく。広いお風呂に入ってすっきりしたかった。静から雪希がなぜか男湯に入っている話は聞いていたが、時間的にはもうとっくに出ているだろう。

「……？」

その時、ふと――彩人は大浴場から人の気配を感じた。

服を脱ごうとしていた手が、ぴたりと止まる。

「……誰かいるのか？」

どうやら、大浴場に誰かいるらしい。

微《かす》かに声が聞こえるし、曇りガラスの向こうに人影が見える。

「……もしかして、冬夜《とうや》か？」

姉のためにいったん帰った親友が戻ってきたのだろうか？

気になった彩人は、何気なく浴場の扉を開いた。

「あっは～ん♡」

「――」

その光景を見た時の感動は――なんと表現すればいいのだろう。

美。

可愛さ。

輝き。

夢。

希望。

光。

優しさ。

愛。

それら全てを素材として芸術の神様が永遠の時と無限の情熱を捧《ささ》げて全力で造り上げたような存在が、そこにいた。

美少女——そして、おっぱい。

あまりにも美しく、巨大なおっぱいが、そこにあった。

なぜかセクシーポーズをとり、両手を頭の後ろに回し、胸を突き出すような格好になっているため——見事なおっぱいが主張されていた。

その美しさたるや、黄金比よりもさらに素晴らしい構成を神様が見出《みいだ》したような——もはや、言葉では表現できない美。

「……っ！　せ、せんぱ——」

そこで彩人の存在に気づいた雪希《ゆき》は、ぼう！　と顔が赤くなり、慌てて胸を隠した。

しかし、大きすぎるおっぱいを雪希の細い腕で隠すことなど到底できるはずがなく、腕の圧により隙間から零《こぼ》れ落ちる。美とエロスの表現が無限にあふれ出る。

「——」

その美しさ、エロスは到底彩人に耐えられるものではない。

彩人は衝撃のあまりがくりと膝をつき、そのまま前のめりに倒れそうになる。

が、とっさに両手を床につくことでショックを和らげた。

「……——」

しかし意識はそこで途切れる。彩人はそのままこてんと横に倒れ、気を失った。

「——？　あ、あれ？」

そこは、彩人と冬夜に割り当てられたツインルーム。

目覚めた彩人は、柔らかい光に照らされる天井を見た。

身体《からだ》がふわふわとした感触に包まれており、自分がベッドで眠っていることに気づく。

たしか有名なベッドメーカーの品で、眠り心地が抜群だと聞いたことを思い出す。

いや、今はそんなことより――。

「あれ、おかしいな？　なんで俺、ベッドで寝てるんだ？」

ベッドの上で上半身を起こしながら、彩人は不思議な感覚にとらわれる。なぜか混濁している頭に翻弄されながら、可能な限り記憶を整理し始めた。

たしか俺は、このベッドで目覚めて……そして、俺の看病をしてくれていた静先生と話をしたはずだ。そうだ。たしか、肝試しで気絶した俺をおばけ部の人たちがここまで運んでくれたこと……その後ずっと、静先生が俺の看病をしてくれていたことを聞いた。

なぜか顔を赤らめながら俺に謝りまくる静先生に、もう大丈夫だと伝えると、安心した笑顔を見せて、静先生は部屋を出ていった。

んで、俺はお風呂に入りたくなって大浴場へ向かった――はずなんだけど、そっから先の記憶がない。記憶がないというか、今、俺はベッドで眠っていた。

ということは、この部屋で目覚めて静先生と話をしてから大浴場へ行ったことは、夢？

マジか。なんだ、その夢。

「先輩」

「うおおっ、びっくりした！　て、助手！」

突然、声をかけられて、しかもその声の主が雪希だったことに彩人は驚く。雪希はベッドのそばの椅子に腰かけ、心配そうに彩人のことを見ていた。

「〜〜」

「？」

雪希は、なぜか顔を真っ赤にしてもじもじと居心地悪そうにしている。

いったい、なぜ？

「あ、あの……」

何事かを口にしようとし、しかし口を噤《つぐ》んでしまう雪希。彩人は、戸惑うばかり。

「なあ、助手」

「は、はい」

びくっと身体を震わせ、雪希は返事をする。太ももの上に両手を置いて、彩人の視線に釘付《くぎづ》けにされたように視線を外せない雪希の顔はますます赤くなっていく。

あの後、大慌てで服を着て聖花《せいか》たちに助けを求めに行った雪希。するとちょうどそこへ戻ってきた冬夜が事情を聞き、彩人をこの部屋のベッドまで運んでくれたのだ。

彩人が無事で、よかった。感激しすぎてまたも気絶してしまったけれど、こうしてちゃんと目覚めてくれて、ほっとした。

でも、問題はここからだ。そう、バレてしまった。秘密にしていたことを、彩人に知られてしまった。もう言い訳はできない。これから、彩人に何を言われてしまうのだろう？

　雪希はぎゅっと身を固くして、審判の時を待った。

「もしかして、助手がずっと看《み》ててくれたのか？」

「――え」

　だが彩人が発したのは、とてものんきな声だった。

　それもそのはず。色々と考えた彩人は、静先生との会話と大浴場へ行ったことは夢、実際は雪希が気絶したままの自分を看病してくれていた、と結論を出したからだ。

「はは。なんか、変わった夢を見ちまったよ。こんな風に目覚めて静先生と会話した後、大浴場へ向かう夢。で、大浴場の扉を開けたところで夢が終わった――て、うおお！　なんだっ？　この感覚はっ？」

　そこで、彩人は違和感を覚える。というか、激しい感情の奔流に襲われる！

　身体が、魂が、叫び声をあげていた！

「なんだっ？　突然っ？　俺はいったい何を失っているんだっ？」

　途方もない喪失感が怒濤《どとう》の如《ごと》く彩人を襲う！

　自分は大切な何かを失っている！　そんな絶対的な感覚が爆発していく！

　それは、いったい、なにっ？

　自分の中の男が、「思い出せええ！！」と無限に叫んでいた。

「助手！　俺が気絶する前、なんかあったのかっ！」

これは、ただごとではない！

そう思った彩人《あやと》は、救いを求めて雪希にそう聞いた。

問われた雪希は顔を真っ赤に染めて、しばらく言葉を失った後、

「………いえ、何もありません」

と、答えた。しかし、彩人は到底納得できない。

「本当かっ？　なら、なんだっ？　このとてつもない喪失感はっ？」

「知りません」

「本当にっ？　頼む！　なにか知っていることがあるなら教えてくれ！」

それからも雪希は口を噤み続け、彩人が必死に聞く時間が続き、

「………はあぁ」

「えっ、どうしたっ？」

やがて彩人のほとぼりが冷めた頃、雪希が心の底から安心したような息を漏らすものだから、彩人は驚いた。

「いえ、その、先輩は――」

「お、おう、なんだ」

「……やっぱり、いいです」

「いや、そこまで言ったなら言ってて っ！　気になっちゃうからっ！」

身構えていた雪希は一気に脱力する。どうやらこの先輩、またも記憶を失っているらしい。こうして忘れられるのは初めてではないけれど、色々と複雑な感情が生まれてしまう。

……とにかく、雪希は自分が助かったことを悟った。

「それより、先輩。お風呂のことなんですけど」

「え？――あ、入浴時間もう終わっちまったか」

ベッドのそばの時計を見れば、もう入浴時間を過ぎていた。

「しょうがない。明日の朝、入るか」

本当は入りたかったが、しかたない。彩人は潔く諦めた。夢の中じゃ間に合ってたんだけどな……。それより、自分が何を忘れているのか気になる……。

「すみません、先輩。わたしのせいで」

「？　なんで助手が謝るんだ？……てか、看ててくれてありがとな。おばけが怖くて気絶するような情けない先輩ですまん」

あれ？　静《しずか》先生からおばけが怖くて気絶したって話を聞いたのは、夢の中だっけ？

あれ？　俺が気を失ったのって、いつ？　ていうか、どこからどこまでが夢？

なんだか、頭が混乱している。

「……あの、先輩。勝負の写真のことなんですけど」

まだ気恥ずかしさを覚えつつも、雪希は彩人の瞳をまっすぐに見つめて、話題を変えた。

た。

明日行われる、彩人の命運をかけた写真勝負。それに向けて今日一日を使って特訓を行った。雪希の腕前は上達したが、正直、明日の勝利を確信できる手応えは得られなかった。

「あ、ああ。……その話か」

「……たぶんこのままだと、わたしは負けますよね」

雪希は視線を落とし、ありのままの現実を言葉にする。

「まあ、その……なんだ。別に負けてもいいぞ、助手」

勝ち目が薄いことがわかっている彩人は雪希に負担をかけたくなくて、ついそんなことを言ってしまう。

「今回、学内コンテストに参加できなくても、次がある」

本音を言えば今回の学内コンテストに挑戦したい。

が、だからといって雪希に無理をさせたくない。これで勝負に負けた雪希が責任を感じるなんてことになったら……はっきり言って、その方が彩人はつらい。

だって、カメラは楽しむものだから。雪希には、カメラを楽しんで欲しいから。

「……先輩は、優しいですね」

彩人の気遣いに、雪希はどこか嬉《うれ》しそうな、そして寂しそうな表情を見せた。

「おまけに、変態で」

「そのツッコミいる？」

思いつめているかと思ったらふざける余裕はあるようだ。

「でも先輩、わたしはやっぱり勝ちたいですよ。わたしは先輩の助手で。先輩の夢を応援するために、助手になったんですから」

「……助手」

時折雪希が見せる助手魂。どうしてここまで真剣になってくれるのか今もまだわからないが、その言葉は彩人の胸を熱くした。

「おまけに、変態で」

「なんでさっきの所からやり直したの？」

「……それに」

「？」

そこでなぜか雪希は落ち着きを無くす。わずかに顔を伏せたことで前髪が下り、表情がわかりづらくなる。銀色のカーテンに遮られた瞳は揺れ、白い頰は淡い薔薇色《ばらいろ》を浮かべた。

「……先輩は、おっぱいが好きですよね？」

「ああ、愛してる！」

脈絡のない質問に、けれど彩人は即答する。たとえ断崖絶壁にしがみつき落ちたら終わりという状況でも、彼は同じように即答するだろう。

先程の出来事が雪希の心に蘇《よみがえ》る。彩人の熱い想《おも》いを感じた雪希は、膝の上で両手を握りしめた。……気持ちの整理をつけるための時間がわずかに過ぎて、雪希《ゆき》は顔をあげた。

「先輩。ひとつ、わたしにアイデアがあります」

「アイデア？」

今日の撮影で、彩人は可能な限りの技術を雪希に伝え、海における人物写真のアイデアも出しつくした。しかしどれも突出したものはなかった。

「わたしは初心者で技術もまだまだです。静先生ほどの経験もありません。おまけに、先輩は変態ですし」

「もうよくない？」

「だから、わたしが勝てる可能性があるとしたら……常識を超えるようなアイデアしかありません。そして先輩なら、そのアイデアをわたしに教えることができます」

「――」

彩人は気づいた。雪希が何を言おうとしているのか。

「……助手、まさか」

「はい、先輩」

雪希は彩人の瞳をまっすぐに見据え、力強く言った。

「先輩、わたしにおっぱい写真を教えてください」

──衝撃。彩人は頭が真っ白になり、言葉を失う。

そのまま、砂が零《こぼ》れるようにゆっくりと沈黙が降りた。

「……やっぱり、無茶でしょうか？」

「──い、いや、無茶って言うか。その発想はなかったっていうか」

おっぱいは美しい。

最高のおっぱい写真を撮るのが彩人の夢だ。

だからこそ、そのおっぱい写真を後輩の女の子が撮るなんて夢にも思わなかった。

「……でも、そうだな。たしかに」

考えてみれば、理に適《かな》っている。技術も経験も浅い雪希では、一般的な撮り方をしても、聖花の指導する静には勝てない。

ならば常識からはずれ、インパクトの強い写真で勝負するのはアリだ。

しかもおっぱい写真ならば、彩人は自分の燃え盛る熱意を雪希に伝え、その熱意を写真の中に表現してもらうこともできる……かもしれない。

「──わかった。ならそれで行こう、助手」

不確定要素はあるものの、彩人は決断した。いずれにしても賭けになるが、面白い。基本に沿って負けるよりも、一《いち》か八《ばち》か、常識はずれなおっぱい写真を信じた方がわくわくする。なにより、目の前にいる雪希の瞳が彩人の心に光をもたらしていた。

「助手。俺の代わりに、おっぱい写真を撮ってくれるか？」

「――はい」

はっきりとした返事。雪希にいささかの迷いもない。希望が見えた気がした。嬉しくなり、彩人は拳を天に突き上げる。

「よっしゃあ！　やるぞ、助手！　えいえい、おっぱ――――い！！！」

「……」

「……あれ？」

てっきり、雪希も一緒に拳を突き上げてくれるかと思ったが、違った。

気づけば、雪希が氷のような目で彩人を見ていた。

「……先輩。あ、間違えました、変態。今のはさすがに……」

「はい、申し訳ありません」

こうして彩人と雪希は、おっぱい写真で勝負をすることに――

「……やっぱり、おっぱい写真で勝負するのやめます」

「すんません！　どうかおっぱい写真で勝負を！　お願いしますううう！」

――なるかどうか、まだわからないようだ。

10枚目 ■ 最後の大勝負！

毎度おなじみとなった学園近くのビーチ。

青空には太陽が燦燦《さんさん》と輝き、白い雲が気持ちよさそうに浮かんでいる。打ち寄せる波音が心地よく、水平線の彼方《かなた》からやってくる爽やかな潮風が身体《からだ》を撫《な》でていく。

本日は暖かく、平均気温を少し上回っている。天気予報では今日一日の晴れが約束されているので雨の心配をする必要もなく、絶好の撮影日和と言える。

また、五月中旬の今の時期は、真夏のようにビーチが大勢の人で賑《にぎ》わうこともなく、気兼ねなく撮影勝負に専念することができそうだ。

砂浜を踏みしめる感触――どこまでも広がる空と海を眺めていると、この上ない爽快感が生まれる。何度も足を運んでいる場所だけれど、この爽快感はいつまでも新鮮なままだ。

「……来ましたわね、彩人」

きらきら輝く太陽の光の下、砂浜に立つ女神のごとき聖花《せいか》が彩人を見据えた。その瞳には闘志が宿っている。正面から向けられるその瞳を受け止めた彩人に緊張が走った。

ビーチには、勝負の相手である聖花と静、モデルの奈々枝《ななえ》、戻ってきたギャラリーの冬《とう》夜《や》。最後に、彩人と雪希が姿を見せたことで、役者はそろった。

昼食を終えた昼下がり。いよいよ、勝負の火ぶたが切られる。

「勝負は一本勝負！　場所は、海！　撮り方は、自由！　奈々枝さんをモデルに、よりよい写真を撮った方の勝ちですわ！」

実際に写真を撮って勝負をするのは、指導を受けた雪希と静。

この勝負で雪希が勝てば、彩人《あやと》はおっぱい写真で学内コンテストに参加できる。

逆に静が勝てば、聖花の言いつけどおり彩人は普通の写真での参加となる。

「覚悟は、よろしくて？」

「おう、とっくにできてるぜ！」

聖花の挑発に熱く応える彩人。正直、ビビりまくっているが、もう後戻りはできない。

「では、さっそく始めましょう！　さあ、静先生！」

「は、はい！」

先行は、静から。かなり緊張しているらしく、小刻みに肩が震えている。

「自信を持ってくださいませ。先生にはセンスがあります。きっといい写真が撮れますわ」

「……せ、清花院《せいかいん》さん」

励ましの言葉をもらい、若干涙目になりながら頷《うなず》く静。自分の夢を応援してもらえていることが嬉しいのだろう。

「う、うん。わかった。先生、精一杯頑張ります！」

気合いを入れなおす静。ブランクはあるものの元々はカメラマンを目指していた経験がある。今の雪希にとっては、間違いなく強敵となるだろう。

「風見《かざみ》さん。そ、それでは、よろしくお願いします！」

緊張しながら礼儀正しく奈々枝と握手する静《しずか》。

人物写真の撮影においては、被写体となってくれるモデルさんとの信頼関係も必要。

「よろしく、先生」

いつでも奈々枝は快活だ。見ているだけでこっちまで元気になる。

「そ、それでは、撮りますね。えと。それじゃあまず、こちらへ移動してもらえる？」

「はーい」

静の指示に素直に従う奈々枝。彼女のトレードマークであるポニーテールは解《ほど》かれ、黒髪が潮風に揺れて天の川のように輝く。すらりとした身体と砂浜を踏む足は、今日も健康的だ。

そして、今回はモデルということで服装も普段とは違うものになっている。

着物や陸上部のユニフォームが印象深い彼女だが、今は肩ひもタイプのシンプルな白いワンピース。フラットサンダルを穿《は》き、白いつば広帽子をかぶっている。

スポーティーなイメージが強い彼女の清楚《せいそ》さがぐっと増し、まるで深窓の令嬢のような雰囲気を醸し出している。

被服部の力作――清楚系お嬢様な奈々枝がそこにいた。……ここに来てようやく、彩人はこのビーチに来て一目奈々枝を見た瞬間から抱えていた衝動を心の中で叫ぶ。

可愛《かわ》えええええええええええええええええええええええええ！

やばい、やばいやばい、マジやばい！　気を抜いたら気絶しそうなほどの可愛さ！

えっ？　奈々枝が清楚なワンピース着たらこうなるのっ？

この子はいったいどれほどの多面的な魅力を内包しているんだああああああ！

その上で、奈々枝のおっぱいが強大すぎる存在感を放っており、ワンピースの肩ひもが外れないかわくわく……こほん、不安になる。仮におっぱいの重さで肩ひもが外れたら
……想像した彩人はまたも気絶しそうになった。

「えと、お願いがあって。撮られる時に、なんだけど……」

「……あはは、わかりました」

耳打ちで奈々枝に指示を出す静。奈々枝は、なぜか照れたように笑っている。

「じゃあ、あとはここに立ってこちらに視線をお願いします。白い帽子は両手で胸の前に持って、軽く微笑《ほほえ》む感じで……」

奈々枝を波打ち際に立たせた静は、さらに細かい指示を出していく。

「そのままでお願いします」

今日は天気もいいので空の色も爽やかで清々《すがすが》しい。奈々枝の後ろには、どこまでも広がる青い海。潮風が、奈々枝の黒髪と白いワンピースのスカートを時折揺らす。

写真の中心に奈々枝、そして後方の空と海の広がりを見せる構図のようだ。今は五月の半ばだが、夏を感じさせる一枚を予感させる。

「……」

真剣な雰囲気が静から滲《にじ》み出る。それはまさに、カメラマンが見せる顔だ。

決定的瞬間を逃さないために、集中している尊い姿。

光、色、構図、あらゆる要素を計算し、自身の手で写真に写す世界を作り上げていく。

それから、数秒経《た》った頃——静がシャッターを切りそうな気配が伝わってきた。

その瞬間、なぜか奈々枝はちらりと彩人に視線を送り、また元に戻した。

パシャ——シャッター音が響き、その瞬間、静は声をあげる。

「——撮れた」

カメラから顔をあげた静に広がる、嬉《うれ》しそうな笑顔。それだけで、静がたしかな手ごたえを感じていることが窺《うかが》える。スマホに映し出された写真を見て、聖花にも笑顔の花が咲いた。

「素晴らしいですわ、先生！」

「ありがとう！　清花院さん！」

どんな写真が撮れたのか気になり、彩人たちも聖花のスマホを覗《のぞ》き込んだ。

白いワンピースを着た清楚な美少女が、空と海の真ん中で照れたように微笑んでいる。

「——」

人物写真における重要な要素として、写真の中のストーリー性がある。

写真の中にどのようなストーリーがあるのか……説明せずともわかるように撮る。

そして、この写真は、それができていた。

「テーマは、『あの夏の日　君との思い出』です」

誰の目にもそのストーリーは明らかだった。付き合いはじめたばかりの若い男女。

写真を撮ってもらえることになり、恥ずかしがりながらもポーズをとる。

その視線が目の前にいる意中の相手への熱を表していて、（撮られるのが恥ずかしい、でも、撮って欲しい）……そんな気持ちが伝わってくる。

背後に写る空と海が爽快感を演出し、夏の少女と初々しい恋の物語を、一枚の写真に見事に切り取っていた。——うまい。

静は着実にブランクを解消し、しかも過去にはなかったセンスの開花も見せていた。

……その写真を見た雪希《ゆき》に、緊張が走る。けれど彩人のおっぱい写真によるコンテスト出場を思い出し、深呼吸をして気持ちを落ち着ける。

「……うぅ、清花院さん。ありがとう。本当に、ありがと～」

「……先生、よく頑張りましたわ」

感激のあまり、聖花を抱きしめる静。聖花も涙ぐみながら、それに応えていた。

静の写真は、これで確実に賞がとれる……というレベルではないものの、十分にうまいと言える仕上がり。感激する二人の気持ちが、彩人たちにもよくわかった。

「これ、本当にわたし？　なんだか、恥ずかしいな」

「凄《すご》いです、静先生。写真の中の奈々枝ちゃんの恋人を想《おも》う気持ちが伝わってきます」

モデルの奈々枝や、ギャラリーの冬夜からも好評だ。

「さてそれでは、彩人、雪希さん。次はあなたたちの番ですわ！」

静の写真が想像以上だったこともあり、聖花は勢いよく彩人と雪希を指名する。

「おう」

「……はい」

雪希は無意識に、カメラを持つ両手に力が入る。それは緊張の表れ。ついに訪れた勝負の時。彩人の未来が自分の手にかかっていることへのプレッシャーがここぞとばかりに襲ってくる。静の成長が素晴らしかったことも、拍車をかけている。

……もし、自分が負けたら、先輩は――。

「助手、大丈夫だ」

「……先輩」

不安に陥りそうになっていた雪希の心を、彩人の力強い声がすくいあげる。

「助手はもともと器用だし、センスもある。演技で培った他人の心情についての理解力と模倣力もあるから、俺のおっぱい写真をよく理解してくれた」

「……」

「静先生の成長はたしかにすごい。だけどそれでも確信した。助手なら、勝てる！」

闇に差し込む光のように、彩人の言葉は雪希の世界を変えた。さっきまでの不安だった気持ちが消えていき、代わりに、心がいきいきとし始める。

——先輩の気持ちに応えたい。

——先輩がびっくりするようなおっぱい写真を撮りたい。

「静先生」

雪希を励ました彩人は、静に声をかける。

勝負だけど、それでも伝えるべきことは伝えなければ。

「マジですごいっす！　感動しました！」

「……神崎《かんざき》くん」

彩人は感じたままに、静に賞賛の言葉を贈った。静は感激し、とうとう涙を零《こぼ》してしまう。カメラマンになりたくてもなれず、教師の道を選んだ静……そんな彼女が、カメラの天才少年に認めてもらえた。その喜びは、計り知れない。

「しゃあ！　次は俺たちの番だ、助手！」

「はい！」

静の涙を見届けた彩人は、雪希と共に気合いを入れる。

「俺たちの特訓の成果を見せてやれ！」

「かしこまり～☆」

「演技する余裕があるんかいっ！」

緊張しまくっている後輩をどうにか鼓舞しようと気を遣っていた彩人だが、いらぬ心配だったようだ。後輩はハイテンションキャラで楽しんでいた。

「いってきま～す♪」

「楽しんでこい！」

彩人に見送られた雪希は奈々枝《ななえ》のもとへ歩み寄り、握手を求める。

「奈々枝先輩。よろしくお願いします」

「うん、よろしく」

奈々枝の爽やかスマイル炸裂《さくれつ》。あ、待って。さっきの写真と相まって、今の奈々枝が深窓の令嬢にしか見えない。油断すると恋に落ちそう。

「それで、わたしはどうすればいい？」

てか、奈々枝はずっとこのままでよくない？　あ、でも、いつもの奈々枝も最高に可愛い！　どうすれば！　と割と本気で考える彩人の前で、雪希は指示を出す。

「そうですね……」

奈々枝は真剣に雪希の言葉に耳を傾け、頷いている。

着物でお茶を点《た》てる大和撫子《なでしこ》な奈々枝、陸上部で力強く走るアスリートな奈々枝、そしてここに来て、深窓の令嬢な奈々枝の追加か。

あの美少女はどれだけの可能性を秘めているんだ……て、いかん！　助手が頑張っているのに、こんなこと考えている場合か！　ちゃんと助手を見守れ、俺！

と、セルフツッコミを入れている彩人《あやと》に、冬夜《とうや》が話しかけた。

「奈々枝ちゃん、可愛いね」

「っ！　お、おう、そうだな」

あの奈々枝には、さしもの王子様も心を動かされたようだ。

「恥ずかしがりながらも恋人に写真を撮られる少女……か。ふふ、奈々枝ちゃん、写真を撮られる直前、彩人のことを見ていなかったかな？」

「俺を？　いや、気のせいだろ」

「聖花《せいか》ちゃんも雪希ちゃんも彩人のために頑張っているし、静先生も彩人の言葉であんなに嬉しそう。ふふ、やっぱり、彩人はモテるね」

「夢のようないいがかりだ」

心の清らかな王子様には、この世界が尊いものに見えているのだろう。

彩人はモテモテ王子と自分の差を、改めて感じた。

そうしている間にも、状況は動き続けている。雪希の指示で奈々枝は、移動する。

「……」

撮影準備を進める雪希を見守りながら、彩人の中に一抹の不安が生まれる。

さっきの静の写真は、やばいくらいにうまかった。

もしかして、普通に負け……い、いや、助手を信じろ！

見守ることしかできないもどかしさに、彩人は落ち着かない気持ちになる。

そんな彩人に気づいたのか、ふと目があった雪希が微笑んだ。

「大丈夫ですよ、変態。……あ、先輩」

「また間違うんかいっ！」

「わたし、必ず勝ちます」

頼もしくも可愛らしく微笑む後輩に、不覚にもどきりとする。

「……」

彩人に決意表明をした雪希は瞳を閉じて、集中——雰囲気が変わる。自分の感覚をパズルのように砕き、求めるイメージに従って再構築していく。思い描くイメージの人格を自身の人格に重ね、融合する。感覚が生まれ変わり、頭と心のスイッチが入れ替わる。

す、と瞳を開いた雪希は、もう先程までの雪希ではない。

「わたしの名前は、白宮《しらみや》雪希！　最高のおっぱい写真を目指す女！」

カメラを片手に、どこかのおバカな先輩のようなノリ。

雪希は騎士がお姫様に手を差し出すようにして、奈々枝に向けて叫ぶ。

「奈々枝先輩！　わたしに、奈々枝先輩のおっぱいを撮らせてください！」

……………………。

いつかと同じように、時間が止まる。

「――はは！　いいよ！」

破顔一笑。驚きのあまり固まる聖花たちとは対照的に、奈々枝にはウケたらしい。弾《はじ》けたように笑顔が広がる。だが、他のメンバーは突然の雪希の急変についていけない。

「彩人！　これはいったいどういうことなんですのっ？」

「ああ。俺も躊躇《ためら》いはあったが、これが俺たちの戦い方だ！　おっぱい写真を出展する権利は、おっぱい写真で摑《つか》みとる！　俺たちは、おっぱい写真で勝負する！」

「後輩にまでおバカをうつさないでくださいませー！」

昨夜、雪希が示してくれた唯一の勝機。

すでに基礎ができあがっている静《しずか》に雪希が付け焼き刃で挑んでも勝機は薄い。それならばインパクトがあり、かつ、彩人が魂を込めて教えられるおっぱい写真で勝負するしかない。

――彩人は、特訓のことを思い出す。

『まずは、おっぱいへの愛を燃え上がらせるんだ！』

『……』

『魂でおっぱいを見て、魂でおっぱいの声を聞く！　そうすれば、自然におっぱいに導かれ、シャッターが切られる！　つまりは、そういうことだ！』

『先輩、おバカさんですか？』

『氷よりも冷たい目！　すいません！　でも本当にこんな感じなんですっ！』

『正直、一ミクロンもわかりません』

『マジかー！……なら、どうすればっ！』

『……とりあえず、先輩の気持ちになってみます』

『え？　俺の気持ち？』

『……わたしの名前は、白宮雪希！　最高のおっぱい写真を撮る女！』

『演技っ？　てか、それもしかして俺っ？』

……それから、雪希は彩人になりきったまま指導を受け、おっぱい写真の何たるかを学んだ。彩人もなるべく技術的なことを教えられるように考え、努力したのだった。

「おっぱいは、世界を救う！　おっぱいこそが、正義！　ナイスおっぱーい！」

「待って、だからそれ俺っ？」

「そっくりですわ」

「そうなのっ？」

聖花の評価に、彩人はショックを受けた。

「〜〜」

雪希の頬が赤くなる。この演技は、そうとうに恥ずかしい。

他のキャラなら思いきり入り込めるのに、彩人を演じているとすぐに我に返りそうになる。なんなら、このまま顔を両手で覆って逃げ出したいくらいだ。

けど、逃げるわけにはいかない。

雪希《ゆき》は彩人になりきったまま、奈々枝にお願いする。雪希に言われたとおり、奈々枝は白い帽子をかぶり、その帽子のつばに両手をそっと添える。そして、夏の太陽にも負けないくらいに輝く笑顔を見せてくれた。

そんな素敵な奈々枝の正面に、雪希は立っている。背景には清々《すがすが》しい青空と海。奈々枝の全身をファインダーに収めつつも、おっぱいがきちんと表現される構図を選ぶ。

「奈々枝先輩！　最高です！」

雪希は彩人のように叫ぶ。

正直、おっぱい写真を撮るだけなら彩人の演技をする必要はないのだが、彩人の情熱をトレースしなければ、最高のおっぱい写真は撮れないと雪希は感じていた。

「……」

いよいよこれから撮る段階になると、再び緊張が押し寄せてきた。

誰かの夢をかけた戦い——それがこんなに緊張するものだったなんて、知らなかった。

演劇の舞台でさえ、ここまで緊張しなかった。

心の中は不安だらけで、カメラを持つ指は震えてしまう。

「……」

……でも、それだけじゃない。彩人と出会い、カメラを教えてもらって、カメラ部のみんなと合宿をして……こんな風に本気の写真勝負をできることが、楽しい。

弾むような嬉《うれ》しい気持ちが、ある。カメラは、楽しい。それは、雪希の本音だ。

『……先輩も、こんな気持ちだったのかな』

あの日、初めて聖花のおっぱい写真を撮った彩人の気持ちを想像する。

期待と不安、楽しさとほんの少しの恐怖。

技術は学んだ、知識も得た。まだまだ未熟なのは、百も承知。

それでも、最高の写真が撮りたい。

彩人を演じ、おっぱい写真で勝負することには色々な理由があるけれど、その中でも一番強い感情は——彩人の気持ちを知りたいという思い。

彩人の見ている世界、彩人が心から求めるものに少しでも触れたくて……本気のこの場においてこそ、それらを感じられると思って雪希はおっぱい写真を選んだ。

「……」

同時、奈々枝という少女についても想《おも》いを馳《は》せる。

人物写真を撮る際のポイントは、モデルの魅力をいかに理解するか。

風見《かざみ》奈々枝という少女は、どんな女の子か？

この女の子の魅力は？　美しさは？　可愛《かわい》さは？　それら全てで構成される彼女という存在は、何を意味しているか？——彩人なら、どんな風にこの女の子を見るか？

どうすればそれらを表現できるか思考を巡らせ、閃《ひらめ》きを求める。

雪希は自分という存在をさらに分解し、演劇で培ったトレース能力を存分に活《い》かして再構築する。彩人の思考、彩人の感性、彩人の願望……これまでの付き合いから得た彩人の情報を整理、精査し、自分の存在へと浸透させる。

流されるままに始めた演劇部——その時間が、今この瞬間、最大限活かされる。

彩人の見ている世界、奈々枝の魅力、自分が撮りたいもの、見てくれる人が笑顔になれる写真——これまでに学んだ全てを、雪希は写真にのせていく。

今の自分は、神崎《かんざき》彩人。最高のおっぱい写真に情熱を燃やす少年。

——おっぱい。白いワンピース姿の奈々枝の美しいおっぱい。女性ですらその美しさに見惚《みと》れてしまうほどのおっぱいが今、目の前にある。

彩人の気持ちを想像する。彩人はこのおっぱいに魅せられ、その美を表現したいと願っている。感じて、わたし。先輩と同じように、奈々枝先輩のおっぱいに夢中になる。ちゃんとわかるはず。だって、わたしは、ずっと先輩のことを見てきたから——。

——パシャ。

そして閃く瞬間が訪れると同時、寸分の狂いもなく雪希はシャッターを切った。

撮影されたデータはカメラの内部に保存され、ひとつの世界を封じ込める。

「……撮れました」

確かな手ごたえを感じ、雪希は思わず声を漏らす。

カメラから顔を離すと、ようやく息ができたような気がした。

どのくらい、集中していたのだろう。どっと身体《からだ》から力が抜けるのを感じた。

「助手！」

雪希の頑張りが見守っていた彩人にも感じられたから、我を忘れて雪希の下へ駆け寄る。

すると、雪希は笑みを浮かべてくれた。

「先輩。わたし、撮れました」

「おお！　やったな、助手！」

見なくても、わかる。雪希は、最高の写真を撮ってくれた。

「……わたし今、おっぱいを超揉《も》みたいです」

本当に、よくやってくれた――ん？

「いや、演技はもういいよっ？　戻ってこい、助手！」

あれ、助手の様子がおかしい？　この子はいったい何を言って――。

「おっぱいは、最高だぜえええ！」

「助手――――っ？」

役に入り込みすぎて暴走する雪希に、彩人はショックを受ける。その後、どうにかこうにか雪希を元に戻し雪希の撮った写真をスマホで表示、審査へ入った。

ちなみに我に返った雪希は、「す、すみません」と謝りながら、かああと赤くなっていた。その恥ずかしがっている様子は大変可愛らしかった。

「――」

「これは……」

「すごい」

雪希が撮ったおっぱい写真は――まさに、おっぱい写真だった。

海辺で佇《たたず》む少女――その少女の美しさと、存在感のあるおっぱいがこれでもかと表現されている。おっぱいが強調されているのに美しさのみが輝き、自然の海と調和している。

静かな海を訪れた、深窓の令嬢。――そんな物語が、おっぱいの美しさと共に写し出されている。ここにはたしかに、雪希が感じた奈々枝《ななえ》の美が表現されている。

「……美しいですわ」

みんなの反応も、写真の出来をよく表している。

聖花《せいか》は言葉を失ったまま写真を見つめ、静は純粋な賞賛の瞳を浮かべ、奈々枝は恥ずかしがり、冬夜《とうや》も芸術を見る目で感心していた。

「……」

そして、それは彩人《あやと》も同じ。雪希の撮った写真を前に、言葉を失っていた。

カメラを覚えて日も浅いから、技術的に言えばまだまだだろう。けれど、ここまで奈々枝とおっぱいの美しさを表現されたことに、彩人は嫉妬すら覚えてしまった。

「助手……ありがとう」

思わず、彩人は雪希にお礼を言っていた。

「すげえよ。……これは、間違いなく、俺の求めるおっぱい写真だ」

まさか、こんな素晴らしい写真を撮ってもらえるなんて思ってなかった。

「……先輩」

彩人に褒められ認められて、雪希の白い頬が赤く染まる。

そうして、落ち着かない仕草をしながら視線を泳がせた後、

「……あの、先輩」

「おう。なんだ、助手？」

赤くした顔のまま、雪希はぽつりと言った。

「……こんな恥ずかしい写真をよく撮れますね。わたし今、恥ずかしくて仕方ありません」

「いきなり冷静にならないでっ？」

見事なおっぱい写真を撮った雪希は我に返り、恥ずかしがっていた。

「先輩、本当におっぱい写真を目指すんですか？」

「いや、目指すよっ？　めっちゃ目指すよっ？」

「……そうですか」

「その物憂げな表情やめて！　可愛いけど！」

ぎゃーぎゃー騒ぐ彩人と雪希に向けて、聖花はこほんと咳払《せきばら》い。

「それでは、投票に入りますわ」

そうして、いよいよ決着のための投票が行われる。投票権を持つのは、モデルの奈々枝。奈々枝がいいと思った方の写真を選び、勝者が決まる。

「奈々枝さん。あなたが心からいいと思った写真を選んでください」

「うん」

白いワンピース姿の清楚《せいそ》な奈々枝の右手側に、彩人と雪希ペア。左手側に、聖花と静《しずか》ペアが並ぶ。冬夜は、正面からみんなを見守る形だ。

勝者の方へ奈々枝が手をあげるということになっている。

太陽はまだ明るく輝き、潮風が奈々枝のワンピースを揺らす。

「……」

緊張の一瞬。ぱっと奈々枝が勢いよく彩人と雪希ペア側の右手をあげ――

「っ」

たかに見えたが、すぐに下ろす。

自分たちの勝利かと思った彩人は「フェイントか～い」と、ずっこけそうになる。

そうしてすぐさま、今度は奈々枝が聖花と静ペア側の左手をあげ――

「っ」

たかに見えたが、またすぐに左手を下ろした。今度は、聖花がずっこけそうになった。

「いや、奈々枝！　そんなフェイントいらねえから！」

「そうですわ！　早く決めてくださいましっ！」

らしくない茶目っ気を見せる奈々枝に、彩人と聖花はツッコむ。

「ごめん、ごめん。雪希からお約束としてやった方がいいって言われて」

「助手！」

「雪希さん！」

「すみません」

彩人と聖花に一斉にツッコまれた雪希は素直に謝った。

そうして今度こそ、ちゃんと勝者が決まる。

「雪希、静先生。わたしのことをあんな風に撮ってくれて、ありがと。でも、勝負だから、ちゃんと選ぶね」

みんなの視線が集まり、高まる緊張の中、奈々枝は手をあげた。

「勝者は、彩人&雪希ペア！」

「いよっしゃああああああああああ！」

「……」

勝者が決まった瞬間、彩人は叫び声をあげながら、ガッツポーズ。

雪希は、放心したように驚いていた。

「ありがとう、奈々枝！　やったな！　助手！」

「……あの、先輩」

「おう、どうした、助手っ？　嬉しさのあまり言葉も出ないかっ！」

「おっぱい写真で勝ったので、複雑です」

「ここまで来たら素直に喜んでっ？」

喜ぶ彩人と戸惑う雪希《ゆき》。そんな二人の隣で、聖花は奈々枝に問う。

「奈々枝さん。雪希さんの写真を選んだ理由を教えていただけますか？」

「えっと、二人の写真はどっちもすごかったよ。静先生の撮ってくれたわたしは、まるでわたしじゃないみたいで、新しい自分を知れた気がして嬉しかった。……少し、恥ずかしいけど」

照れている奈々枝の言葉を受け取った静は胸の前で手を握りしめて、少しだけ涙ぐんだ。

「雪希の写真を選んだ理由は……面白かったから、かな」

「……ふふ、たしかにそのとおりですわね」

思わず、聖花は同意する。

雪希がおっぱい写真で勝負を挑んでくるなんて、聖花も奈々枝も予想していなかった。

「単なる彩人の物まねじゃなくて……雪希が自分で考えて出した答えがあった」

実際、雪希の頑張りはすごかった。

おっぱいとおっぱい写真への熱い想い、彩人の考える最高のおっぱい写真のアイデア、果てはおっぱい論やおっぱい哲学などという彩人独自のよくわからない説明まで、雪希は彩人から延々と教えを受けながらシャッターを切り続けた。

そんな特訓の中で雪希はおっぱいについて考え、どうすればよりよいおっぱい写真が撮れるのか答えを求め続けた。……けっこう楽しそうにしながら。

「本当に、彩人が撮った写真みたいだと思ったよ。おっぱいへの情熱や真剣な気持ちが伝わってきた。わたしのことも、よく撮ろうって気持ちが伝わってきて……雪希の『全力』を感じた。それが、わたしが雪希の写真を選んだ理由」

「……わかりましたわ」

奈々枝の答えに、聖花は静かに頷《うなず》く。雪希の写真を見た時、聖花も同じことを感じた。

「ごめんなさい、清花院《せいかいん》さん。先生、負けちゃった」

自分以上にくやしい思いをしているであろう静に、聖花は笑みを向ける。

「たしかに、勝負では負けました。ですが、先生はまだこれからですわよ」

「せ、清花院さん？」

「静先生は、もう一度カメラを学ぶのでしょう？」

「──うん！」

感極まって泣き始めてしまう静を見て、どっちが大人かわからないと聖花は微笑《ほほえ》む。

「彩人、そして雪希さん。お見事ですわ」

静を励ました聖花は、勝者である彩人と雪希を賞賛する。

「……今回の勝負も、楽しかったぜ。聖花」

「ええ、こちらこそ」

結局のところ仲のいい二人は楽しそうに微笑み合い、お互いを認め合う。

「さて、それでは勝負もついたことですし。どこかで休みましょうか」

「あれ？　聖花？」

「少し休憩を挟んだら、また写真を撮りに行きましょう。まだまだ時間はありますもの。せっかくの合宿の機会、ちゃんと活《い》かさなければなりませんわ」

「あのー、聖花さん。約束のおっぱい写真は？」

彩人が勝負に勝ったら、聖花と奈々枝のおっぱい写真を撮らせてもらえるという約束だ。

「それでは、ごきげんよう、彩人」

「聖花――――！」

このお嬢様、逃げる気満々だ。爽やかにスカートを翻しながら歩き始めてしまった。

「……冗談ですわよ！　約束ですもの！　ちゃんと撮らせてあげますわよ！」

真っ赤になりながら、聖花はそう言った。

どうやら、恥ずかしさのあまり現実逃避をしていたらしい。

「ありがとうございます！　聖花様ー！」

本気でいやがるようならやめておくつもりだった彩人だが、ちゃんと約束を守ってもらえて歓喜の涙を流す。

「……ええ、清花院の人間に、二言はありません！　約束どおり、水着で撮らせて差し上げますわ！」

「わたしも、約束は守るよ」

約束どおり、奈々枝もおっぱい写真のモデルになってくれる。

そうして、聖花は学園の制服を、奈々枝は白いワンピースを脱ぎ捨てた！

11枚目■踊るおっぱい写真

女神が水着に着替えたら――。

そんな言葉が浮かんでしまうくらい、水着姿の聖花《せいか》と奈々枝《ななえ》は美しかった。

布面積の少ない水着のおかげで、身体《からだ》のラインがはっきりとわかり、芸術的な曲線が白日の下に晒《さら》される。

はっきりとわかるのは、ボディラインだけではない。普段は衣服に遮られた肌が、太陽の光を受けて宝石のように輝く。

さらには――その巨乳。Gカップを誇る二人の巨乳は情け容赦なく美を振りまき、破壊的なまでの衝撃を生み出し続ける。

世の男性諸氏ならば瞬《まば》きを忘れてしまうほどの美が――そこにある。

「ぐふっ」

あまりの衝撃に、彩人《あやと》は膝をついた。ここは海で、女の子が水着でいることに何の問題もないのだが、それを考慮してもあまりある美しさは気軽に直視できるものではない。

「先輩、大丈夫ですか？」

「あ、ああ。こんな美しさを前に気絶なんてしてたら一生後悔する」

飛びそうになる意識を根性でつなぎ止め、彩人はカメラを構える。

やはり、聖花は美しい。

生まれたままの姿に近づいたことで、さらに本質的な魅力が増している。

ふわふわの髪、太陽の光で白く輝く肌、整えられたボディライン、女神も嫉妬するほどの巨乳、さらには恥じらう表情。

その全てが可愛《かわい》い。美しい。愛《いと》おしい。理性すら飛びそうになる芸術が目の前にある。

そして、奈々枝も美しい。

聖花とは違うスポーティーで健康的なその肢体。陸上で鍛えられ、茶道で礼節も学んでいる奈々枝は肉体からもそれらの魅力があふれ出ている。

見事なグラマラスボディ――ここまで健康的な美とエロスを両立できる少女は他にいない。

「聖花、奈々枝――俺は、お前たちのおっぱいを撮る！」

必ず最高の写真を撮ると誓うため、決意を込めて彩人は言葉にする。

「――」

びくりと身体を震わせた聖花は、かあぁと頬を染め、白い肌も若干赤みを増す。

彩人の視線、熱意に身体が反応し、「わたくし、どうして……」と自らの変化に戸惑う。

奈々枝も同様。いつになく真剣な彩人の眼差《まなざ》しに射抜かれ、今まで知らなかった感覚が呼び起こされていく。

「い、いいですわよ。さあ、撮りなさい！」

「ああ。……だけど、その前にひとついいか？」

「な、なんですの？」

自分は今から、おっぱい写真を撮られようとしている――その事実にただでさえ追い詰められている聖花と奈々枝に、彩人はとんでもないことを言った。

「飛び跳ねてくれ」

「――はい？」

ちょっと意味がわからない。いや、彩人の意図するところを瞬時に読み取ったからこその反応。聖花は、恐る恐る聞き返す。

「今、なんて？」

「いや、できたらでいいんだけど……その場で飛び跳ねてくれないか？　俺がいいって言うまでぴょんぴょん飛び跳ねてもらう感じで」

「……そんなことしたら、む、胸が揺れてしまうじゃありませんのっ！」

「ああ……俺は、聖花と奈々枝の躍動するおっぱいが撮りたい！」

「バカじゃありませんの――――！」

このおバカな幼馴染《おさななじみ》は、やっぱりおバカだった。勝負に勝ったら水着で撮らせて欲しいという願いを聞き入れるだけでも、清水の舞台から飛び降りるくらいの覚悟だったのに、このおバカな幼馴染は土壇場でさらにとんでもない要求をしてきた。

しかし、すでにカメラマンモードに入っている彩人は、真剣そのもの。そしてこれは、彩人が魂を込めて撮り、学内コンテストへ応募する大切な作品。加えて、自分は勝負に負けた。それらの事実が、聖花の羞恥を上回る。

「こんな感じ、彩人？」

ぴょん、たゆん、ぼいん♡

「っ」

いち早く彩人の要求を飲みこんだ奈々枝は、若干の恥じらいを見せつつも連続ジャンプ。

それに合わせて揺れるおっぱい、おっぱい！

「……わ、わかりましたわー！」

そんな奈々枝の姿が、聖花の背中を押してしまう。

ぴょん、ぴょん――やけくそになった聖花が水着姿のまま、その場で飛び跳ねる。

ぼいん、ぼいん、たゆん……！

その動きに合わせ、聖花の美しく大きなおっぱいが躍動する。

ぴょん、ぴょん、ぴょん――。

たゆん、たゆん、たゆん――。

運動エネルギーと重力が調和し合い、おっぱいの柔らかさによって生み出される動き。

まさに縦横無尽、変幻自在の奇跡の美。

おっぱいは揺れ、動き、跳ね、その美しさを爆発させる。

お嬢様な幼馴染とスポーティーな同級生が魅せる奇跡のおっぱい共演！

なんてこった！　シャッターを切る指が止まらねえええええええ！

――パシャ！


彩人は、シャッターを切る。迷いは一切生まれない。気絶しそうになるほどの衝撃に耐え、己の内に爆発的に生まれる感動そのままにシャッターボタンを押した。

おっぱいは揺れる。潮風のふく海辺で、太陽の光を浴びて輝きながら。

「……はあ、……はあ」

いったい、何枚撮られただろう？

ずっと飛び跳ねていた聖花は、両手を膝について肩で息をする。両腕に挟まれたおっぱいが存在感を強調していた。奈々枝は鍛えているからか、まだ余裕がありそうだ。

「もう二度としませんわ、こんなこと」

「あはは、同感」

「聖花、奈々枝」

ようやく終わったと安堵《あんど》する――だが、無慈悲な言葉が聖花と奈々枝を襲う。

「あと何回か――頼む」

「おバカ――――！」

「あはは！」

その後も、やけくそになったお人好《ひとよ》しのお嬢様と気のいい同級生は、おバカな少年の期待に応えてくれた。

「……撮れた」

それから、何度目かの挑戦で、彩人はようやく納得する写真を撮ることができた。

変幻自在に動くおっぱいは、だからこそベストなタイミングを見つけるのが難しく、決定的瞬間をカメラに収めるのは至難の業だった。

だが、全力で取り組んだこと。そして、聖花と奈々枝の献身的すぎる優しさのおかげで最高の写真を撮ることができた。

写真のテーマは、『踊るおっぱい』。おっぱいの動きが、写真とは思えないほどのダイナミックさで表現されている。それだけではなく、聖花と奈々枝の表情や身体の動きも見事な構図でとらえられ、ひとつの写真として見た場合においても評価の高い作品と言えた。

「……いよっしゃあああああ！」

「きゃ！」

「ありがとう、聖花！　俺は、やったぞ！」

感極まって聖花を抱きしめる彩人。聖花は超高速で赤くなるが、彩人はいい写真が撮れた嬉《うれ》しさで我を忘れているのか、動じる様子がない。

「奈々枝もありがとう！」

「ああ」

ぱんと、彩人は奈々枝とハイタッチ。奈々枝も奈々枝でかなり恥ずかしがっているが、笑顔が浮かんでいる。

「これなら、入賞間違いなしだ！」

嬉しさのあまり、彩人は周囲の視線も忘れて拳を握りしめて喜びをあらわにする。

「……もう二度と、こんなことしませんわ」

羞恥で顔を染める聖花は、自らの胸を労《いた》わるように両腕で支えている。

「お疲れ様です、聖花さん」

同情を禁じ得ない雪希《ゆき》が、労《ねぎら》う意味も込めて聖花にスポーツドリンクを渡す。

その優しさに涙しつつ……すぐに聖花は、呆《あき》れつつも優し気な瞳を彩人に向ける。

最高のおっぱい写真を撮ることができ、テンションが爆上がりな彩人は飛び跳ねた。

海に、空に、そして海の向こうの太陽に向けて、彩人は叫ぶ。

「――おっぱいは、最高だぜ！」

12枚目■星空の下、海辺で後輩と語らう

合宿二日目の夜。

カメラ部は余った時間で写真を撮り、お世話になった合宿所の清掃を終えて解散した。合宿を無事終了した彩人と雪希は聖花たちと別れ、二人で星の輝き始めた海辺へと来ていた。星々が夜空でまたたき、月は優しく地上を照らしている。

柔らかい月の光が濡《ぬ》らす浜辺を、ビーチサンダルでさくさくと歩く。清風《きよかぜ》学園の目の前にある海水浴場。夏の昼間は賑《にぎ》わうこの場所も今は誰もおらず、波の音だけが響いている。

「綺麗《きれい》ですね」

「そうだな」

ぽつりと零《こぼ》した雪希の言葉に、彩人が答える。星が綺麗で、波音が心地よくて、月灯《あか》りも優しくて……夜の海辺の散歩は、なかなかいいものだった。怖がりな彩人は一人では絶対に夜の海には来ないが……後輩が一緒にいてくれるから、夜の海も怖くない。

雪希は学園の制服に身を包んでいる。その白い肌が月明かりに照らされ淡く輝いている様は、どこか幻想めいた感動を見る者に覚えさせる。

思わず、シャッターを切りたくなるような光景。背が低く華奢《きゃしゃ》な彼女の身体は、そのまま月光と共に消えてしまいそうな儚《はかな》さがある。

「……ふふ」

「？　どうかしたか、助手？」

思わず見惚《みほ》れていると、後輩が可愛らしい笑みを零した。

「いえ、すみません。……ただ、楽しいなって思いまして」

「……そっか」

小さな後輩は今が楽しいと感じてくれている。

その事実がどうにもくすぐったく、嬉しくも落ち着かない気持ちになる。

「撮影の特訓をしたり、バーベキューをしたり、肝試しをしたり……今日の勝負も、すごく楽しかったです」

今日の昼間。彩人《あやと》と雪希は聖花《せいか》と静《しずか》に勝利した。彩人は聖花と奈々枝《ななえ》のおっぱい写真を撮ることができ、その写真で学内コンテストへ参加できることになった。

後輩が浮かべる心からの笑顔に、彩人は心が温かくなるのを感じる。

「それなら、よかった」

カメラ部に入ってくれた、たった一人の大切な後輩ちゃん。

できる限り楽しい思い出を作って欲しいと願っていた彩人は、柔らかい安堵を覚えた。

「あの、先輩。ありがとうございます」

波の音に重なるように、雪希の優しい声が感謝の気持ちを伝えてくれた。

とっさのことで反応が遅れ視線を向けると、そこには後輩の控えめな笑顔。

「わたし、カメラ部に入って本当によかったです。こんな楽しい毎日が待っているなんて、知りませんでした」

目の前の後輩の表情が、言葉が、纏《まと》う雰囲気が……彩人の心に届き、その言葉が本心からのものであることを知る。自然、彩人も微笑《ほほえ》んだ。

「それは俺もだよ。正直、一人でカメラ部してた頃より、助手がいる今の方がずっと楽しい」

「――」

雪希の感謝の言葉と気持ちに彩人は嬉しくなり、つい素直な気持ちが零れ落ちる。

「……そうですか」

雪希は彩人から視線をそらし、ぽつりとそう言った。

「先輩は、すごいですよね。なんだかんだ、自分の夢を持ってて、それを力強く追ってて……」

続く雪希の褒め言葉に、彩人はなんだか気恥ずかしくなる。

「いや、俺はまだまだだよ。おっぱい写真だって撮り始めたばかりだし……それに、俺はまだ夢を叶《かな》えていない」

思い浮かぶのは、数年前にこの海で出会った理想のおっぱいを持つ少女。

「俺はまだ、あの女の子のおっぱいを撮れていない」

たった一度の出会い。それが彩人の人生の全てを変えた。今どこでどうしているのか、全くわからない。それどころか、幻だったのかもしれないとさえ思う。

「……」

その時——彩人はふと、あることを思い出した。

「……あー、あとさ、助手」

「?」

なぜか突然きまり悪そうな様子を見せる彩人に、雪希は首を傾ける。

「違ってたら、あれなんだけど……」

しばし躊躇《ためら》う様子を見せていた彩人だったが、やがて覚悟を決めたように言った。

「もしかしてさ……保育園の頃、俺と会ってない?」

「——」

彩人の言葉に、雪希は身を固くする。瞳は見開かれたまま動かせない。

「……はい」

それでもやがて、こみ上げるような想《おも》いが言葉となってぽつりと漏れた。

「あ、やっぱり?……俺がカメラで写真を撮る時、いつも隣で見てた子?」

「……はい」

「演劇の主役をやることになって泣いてた……」

「……はい」

「俺の助手になってくれる約束をした……」

「……はい&いいえ」

「どっちっ？」

いきなりボケるので、彩人はツッコむ。

が、やはりそうだったのかとなにかよくわからない感情が生まれる。

「……先輩。ちゃんと覚えててくれたんですね」

「ああ。買い物帰りに保育園の前を通りかかった時と。あと、肝試しの時に助手の……」

――月明かりの中で、雪希の微笑みを見た。

その可愛《かわい》らしい微笑みは、保育園の頃と同じだった。

「……そうですか」

「もしかして、助手はずっと覚えてた？」

「……はい」

「マジかー」

ようやく、彩人は合点がいった。なぜ、雪希が演劇部ではなくカメラ部を選んだのか。

なぜいきなり、「わたしを先輩の助手にしてください」などと言ったのか。

全ては、あの日の約束を守るため。そのために、この後輩は――。

「俺の方だけ忘れててごめん！」

「いえ、わたしは全然気にしていません」

「そうは見えない顔だけど可愛いなっ！」

彩人から視線をそらした瞳を細め、わずかに頬を膨らませている雪希。明らかに自分だけ覚えていて彩人が忘れていたことに不満を感じている顔。

……でもどこか、柔らかな喜びも含まれていた。

「でも、律義すぎるだろ。小さい頃の約束とか別に守らなくても……」

「前にも言いましたけど、わたしは高校からは別の部活をやろうと思っていたんです」

「し、しかし……」

「それに、久しぶりに先輩に会いにカメラ部の部室に行って、わたし思ったんです」

「な、何を？」

「あ、この人わたしが見てないと逮捕されるって」

「一概に否定できない！」

彩人はショックを受けつつも、日頃の行いから受け入れざるを得ない。

雪希は、こほんと咳払《せきばら》いする。

「改めまして、お久しぶりです。彩人くん。また一緒に遊べて嬉しいです」

かしこまっての挨拶。保育園の時と同じ呼び方に、彩人はなんだか恥ずかしくなる。

……それでもやっぱり、雪希がカメラ部に入って助手になってくれて、さらにはおっぱい写真を手伝ってくれている理由がわからないなと彩人は思う。

でもどうやら、この後輩はそれに答えるつもりがないらしい。

「……それと、先輩。ひとつ、提案なんですが」

「提案？　なんだ？」

「わたしと、勝負しませんか？」

保育園の頃の友人との再会イベントにまだ落ち着かない彩人は、後輩の言葉に面食らう。

「しょ、勝負？」

「はい。次の学内コンテストで」

後輩は、まるで悪戯《いたずら》っ子のような笑みを浮かべている。

「……なるほどな。いいぜ、助手。学内コンテストで俺と勝負だ！」

まさか、指導をする後輩から勝負を挑まれるとは……しかし、彩人はすぐに受ける。

雪希なりに思うところがあるのだろうし、勝負形式にした方がやる気も出る。単純に面白そうなので、とくに断る理由もない。

「罰ゲームも決めましょう。もしわたしが勝ったら、先輩は聖花さんの誕生会で『ふんどし一丁で、いえ～！』をしてください」

「罰ゲームがハードすぎるっ！」

毎年豪華な聖花の誕生日パーティー。

まだ先だけど、すでに招待状が配られている。

その誕生会用に、後輩はとんでもない罰ゲームを提案してきた。

「じゃあ、助手が負けたら何をしてくれるんだ？」

「そうですね。……わたしは」

そこで、雪希《ゆき》は一歩、二歩、波打ち際へと歩いていく。

スポットライトのような月の灯《あかり》を浴びながら、どこか恥ずかしそうに言う。

「――もし、わたしが負けたら、先輩が一番会いたい人に会わせてあげます」


月灯に照らされる後輩。本当に、月灯の下で佇《たたず》む雪の妖精のようだ。

やっぱり綺麗だなと思いながら、彩人は尋ねる。

「俺が一番会いたい人って誰だ?」

「それは、まだ秘密です」

「そっか……いや、普通に気になるっ」

「そろそろ、戻りましょう」

「せめて、ヒントをっ!」

「……大根と人参《にんじん》」

「それがヒントになる人間って誰だよっ」

夜の浜辺に足跡を残しながら、彩人と雪希は家路についた。

誰もいなくなった浜辺を、月が優しく照らしていた。

エピローグ■やっぱり、おっぱいは最高だぜ！

審査員特別賞　受賞――白宮雪希

そう記された白いプレートの上に、雪希が撮った写真が額に入れられ、飾られている。

陽《ひ》の光に照らされる美しい海。爽やかな青空を見上げながら、白い砂浜を一人の少女が歩いている。潮風が少女の髪をなびかせ、スカートを揺らす。柔らかな笑みを浮かべる少女の姿は、青春の一ページを感じさせる。

モデルは、雪希の親友である湊《みなと》。コンテスト締め切りぎりぎりまで彩人の指導を受け、雪希が試行錯誤しながら何百枚と撮った内の一枚である。

――六月末。そこは、学内にあるイベントホール。白を基調としたホール内は清潔感があり、壁はガラス張りになっているため、陽の光がよく入るようになっている。

本日は休日を利用しての展示会が行われており、学園の教師や生徒のみならず、文化祭のように一般のお客まで招かれ賑《にぎ》わいを見せていた。

イベントホール内には、文科系の生徒たちが魂を込めて作った絵画や彫刻、陶芸、生け花から手芸品に至るまで、ありとあらゆる芸術作品がずらりと並び、入賞した作品にはそのことを示すプレートがつけられている。

彩人《あやと》たちカメラ部は展示されている作品を見るために、みんなで足を運んでいた。

「……」

飾られている自分の写真を見上げている雪希。

その心に最初に生まれたのは、驚きと、信じられないという気持ち。

しかし、目の前の光景が真実であると徐々に心が受け入れ始める。

すると、ようやく喜びが泉のように湧き上がってきた。

喜びは波のように一気に吹きあがり、身体《からだ》の芯から外側へ向けて細胞が震えていくような感覚を覚えた雪希は、我知らず小さな手を握りしめる。

……最初に浮かんだのは、彩人の顔だった。

「実に見事な作品ですわ、雪希さん」

何も言葉を発せない雪希に、聖花《せいか》が賞賛の言葉を贈る。

「青春って感じで、いいね」

奈々枝《ななえ》も笑顔で褒めてくれ、

「うん。構図や光の基本を押さえた上で、きちんと雪希さんが伝えたいことを表現できていると思うよ」

「白宮《しらみや》さん、凄《すご》いわ。先生、感動しました」

冬夜《とうや》と静《しずか》も、心から褒めてくれている。

「凄い凄い、雪希ちゃん、凄い！」

そしてなにより、一緒に見に来てくれた親友の湊がことのほか喜んでくれていた。

湊とは改めて話し合い、雪希は自分の気持ちを全て伝えた。

すると湊は笑顔で雪希を抱きしめ、「雪希ちゃんは何も気にすることないよ。カメラ部、頑張ってね」と言ってくれた。そして、モデルまで引き受けてくれたのだ。

「……ありがとう」

みんなから褒められた雪希は気恥ずかしくなって、小さな声で感謝を伝えるのが精いっぱいだった。そして雪希は、入賞の指導をしてくれた先輩の姿を捜す。

その目的の人物は、最優秀賞に輝いた写真の前にいた。


ずうううううううううううううううん……。

……凄《すさ》まじい負のオーラを放ちながら。


「……」

生気を失った顔で床に四《よ》つん這《ば》いになり、美術部の作った石膏《せっこう》像のように固まっている。

触れたらこちらまで落ち込んでしまいそうな空気感。黒いオーラが全身から立ちのぼって揺らめいていた。

絶望という概念が擬人化したらこんな感じだろうか？

なんならこのまま出展作品として展示されてもいいくらいの負の表現力だった。

幼い頃より天才カメラマンとして数々の賞を受賞してきた彼の作品は——

神崎《かんざき》彩人。十六歳。父はカメラマン、母は画家。

「……ない。俺の、写真が……」


『下記の生徒の作品は除外するものとする——二年A組　神崎彩人』


と、除外されていた。

ちなみに、彩人の目の前にある最優秀賞の作品は、聖花のものである。

「……なぜ？」

理解できない。

本気で理解できない。

だって、魂を込めて撮った究極のおっぱい写真。

これまでの自分の全てを出し切り、生み出した最高の作品。

絶対の自信があり、確実に栄光を手にするはずの奇跡。

——なのに、除外。え、除外？　除外って、何？……え？

「……うおおおおおおおお！」

あまりの負荷に脳が限界を迎えた彩人は、頭を抱えて叫び声をあげる。

そんなはずはない！　もしかしたら、間違って他の場所に展示されているのかも！

「先輩！」

現実を受け入れられない彩人は、雪希の声も聞かずに写真展示コーナーを飛び出した。

全速力で会場中を駆け巡り、絵画の部や陶芸の部、果ては盆栽の部にまで顔を出す。

――が、どこにも自分の作品がない。

「……そん、な」

もはや、現実を受け入れるしかない。

全身から力が抜け、がくりと膝をつく。「おお、神よ！　なぜですか！」とでも言いたげに天を仰いだ後、またも四つん這いになって項垂《うなだ》れる。

「げ、元気出して、神崎くん。次があるわ」

あまりにも憐《あわ》れなので静が思わず声をかけると、彩人は泣きそうな表情で静を見上げた。

「し、静先生……俺の作品が除外された理由、知っていますか？」

「えーと……」

知っている。生徒たちの投票を加味し、清風《きよかぜ》学園の職員や特別審査員として招いた高名な芸術家の方々も交え入賞させる作品を選考した場に、静もいたから。

というかそれ以前に、応募された彩人のおっぱい写真を諸先生方が見た時点で、カメラ部顧問である静は『色々と』言われていたのだ。

「お願いします、静先生。俺の作品の何が駄目だったのか、教えてください！」

よほどショックだったのだろう。必死に縋《すが》りついてくる彩人を見て、静の心が動く。

「……」

静は言うべきかどうか悩む。真実を知った彩人がショックを受けることは明白だったし、さらに落ち込む彩人の姿を想像するだけで心が痛んでしまう。

しかし彩人は真実を望んでいる。すっかり情が移ってしまっている静は、今にも泣きそうな彩人への同情心に抗《あらが》うことができず答えてしまう。

「……エ、エッチすぎるから駄目だって」

「ノォォオオオオおおおおおおおおおおおおおおおお！」

選考の場において、高名な芸術家の方々も学園の先生たちも、彩人の写真に「おお」と目を留めた。

そして、彩人の洗練された技術、写真から伝わってくる熱意、表現されているおっぱいの美しさと躍動感に誰もが賞賛の言葉を贈った。……が、

「しかし、学校行事としてはアカンでしょう」

「エロすぎます」

「では、除外ということで」

という流れで、あっさりと彩人の作品の除外は決まった。

「昨年の彼の風景写真は、素晴らしかった。今年も楽しみにしていたのだが……」

「いったい、彼に何が……」

選考をした芸術家や学園の先生たちは、彩人を心から心配していた。

「あ、あとね、神崎くん。ちょっと話があるから、生活指導の北原先生があとで来て欲しいって」

「オーマイガー！」

「当然ですわ」

男泣きする彩人を見下ろしながら、聖花が呆《あき》れたように言う。

恥ずかしいあの写真を色んな人に見られたと思うと、聖花も落ち着かない。

けれど彼女の表情には、彩人を心配する色が見て取れた。

「す、すまん、聖花。奈々枝。せっかく、協力してもらったのに、俺は……」

「気にすんなって、彩人。わたしは、楽しかったよ」

しゃがんで彩人の背中をぽんぽんしてくれる奈々枝の優しさに、彩人はまた泣いた。

「ま、まあ、今回は無事、白宮さんと清花院《せいかいん》さんが見事入賞できたということで」

これ以上ここにいると彩人が立ち直れないと悟った静は、強引にその場をまとめた。

「二人も入賞するなんて、カメラ部として誇らしいです！　とても素晴らしいことです！これからも頑張って活動していきましょう！」

そうして自分の足では歩けないくらいにへこんだ彩人を連れ、学内のイベントホールをあとにする。

かくして、彩人が魂を込めて全力で挑んだ学内コンテストは終わりを迎えた。


ざざーん……。

寄せては返す、波の音。

太陽が沈み始め、茜色《あかねいろ》に染まる海辺。

生徒指導の先生にこってりと絞られたあと、波打ち際の砂浜に、彩人と雪希《ゆき》は並んで座っていた。

雪希も彩人も体育座りしているのだが、オレンジ色にきらきら輝く海を眺めている雪希とは違い、彩人は自分の膝に顔をうずめ、まだ「ずうううん……」と落ち込んでいる。

常識的に考えれば除外されて当然なのだが、本人としては本気で挑戦したことなので心の底からショックを受けているらしい。

一人海辺へ向かう彩人を雪希は心配し、こうして一緒に夕暮れに染まる海を眺めているのだった。

純粋に彩人を慰めたいという後輩心から出た行動だが、いざ二人きりになるとどんな言葉をかければいいのかわからない。

「……すまん、助手」

「……先輩？」

弱々しい声で、彩人は雪希に謝った。

「せっかく、助手が入賞したのに……俺、自分のことばっかで」

自分のふがいなさを恥じた彩人は、改めて雪希に言葉を贈る。

「改めて、おめでとう、助手。本当にすごいよ。初めてで入賞するなんて」

ざざーん……。静かな波のように、雪希の心に彩人の言葉が寄り添う。

そうして――雪希は、弾《はじ》けたような嬉《うれ》しさや達成感を感じることができた。

「……ありがとうございます。でも全部、先輩のおかげですよ」

聖花と奈々枝のおっぱい写真を撮った後、彩人はつきっきりで雪希にカメラを教えてくれた。

雪希が自分の撮りたい写真を撮れるように、学内コンテストで入賞できるように、そして、親友の湊《みなと》を安心させることができるように。

それこそ、おっぱい写真にかけるのと同じかそれ以上の情熱で、彩人は雪希と共に全力で頑張ってくれた。

「わたし一人じゃ、あの写真は撮れなかったです」

あの写真を撮って入賞できたのは、間違いなく彩人のおかげ。

おっぱいを撮りたいなんていうおバカな先輩だけど……本当に、呆れるくらいにお人好《ひとよ》しで、優しくて――昔と変わらない。

「俺もできる限りのことはしたつもりだけど……でも、賞をとったのは助手だ。助手が一生懸命に頑張ったからだよ」

なんていうことはないように、彩人《あやと》は笑う。

その優しい笑みが、また雪希の胸に温かな光をもたらす。

「でも、あれだな……今回は色々学ばせてもらったよ」

迷いなんてどうでもよくなるような景色――

「俺は、おっぱい写真でみんなに感動して欲しい。自分がこの世界で一番美しいと思う存在をみんなにも伝えたい――そう思って頑張ってた」

夕日できらきらと輝く海を眺めながら、彩人は独白する。

「でも、あくまでもそれは俺個人の願望なんだ。俺のおっぱい写真を見る人がどう感じるか、ちゃんと考える必要があった」

相棒であるカメラを指で撫《な》でる。固い質感が伝わってきた。

「おっぱい写真を撮ることによって、自分も、見てくれた人も、笑顔になるために、幸せになるために撮る――そういう考えが必要だったんだと思う」

自分の撮りたいものを決め、見てくれる人のことを考え、撮る。

ずっとその答えは持っていたし、今回もその答えをちゃんと活《い》かしているつもりだった。

「この経験は、次に活かすよ。今度はちゃんと、学校行事でも認められるような最高のおっぱい写真を撮ってみせる」

そして、このまま諦めるつもりは、ない。こりないおバカな先輩は、決意を新たにした。

「……はい。先輩なら、きっとできます。わたしも、応援します」

んぅ、と両腕を伸ばして身体《からだ》をほぐしてから、雪希は立ち上がった。

一歩、二歩……さく、さくと砂浜を踏みしめながら、彩人の前に出る。

水平線の向こうに沈む赤い陽《ひ》の光を背に浴びながら、雪希は微笑《ほほえ》んだ。

「わたしは、先輩の助手ですから」

「……」

しばしその美しさに見惚《みと》れながら、彩人はその言葉を反芻《はんすう》する。

この春、突然部室に現れた基本無表情な後輩。

時折神がかった演技でからかってくる変わった少女で、実は保育園時代の幼馴染《おさななじみ》。

その頃の約束を守って俺の助手になってくれて、おっぱいを撮りたいなんて言ってもついてきてくれる。

本当、変わっていて、稀有《けう》な子だと思う。でも、この子がいたから、自分は前へ進めた。

彼女がいなければ、おっぱい写真は一枚も撮れていなかったかもしれない。

「ありがとな、助手」

彩人は立ち上がり、軽くはたいてズボンについた砂を落とす。

自然とあふれ出した感謝を伝えながら、笑みを浮かべた。

「俺、今、めっちゃ楽しいわ」

後輩と出会ってからの日々は、それまでよりも楽しくて。

大切な後輩と気持ちが一緒であることを、伝えたくなった。

「……わたしも、です」

お互いに気持ちを伝えあうことが恥ずかしいのか、雪希はそわそわとした様子で頬を染め、けれどすぐに彩人の瞳をまっすぐに見つめる。

「先輩。本当に、ありが──」


──ぼんっ！！！

「「っっっ」」
アニメみたいな音が、頭の中で響いた。
それくらい衝撃的な光景が、スローモーションのように展開する。
雪希の制服の胸のあたりのボタンが、全て吹き飛び、
縛《いまし》めの役割を果たしていた白い布は開放されて広がり、
中から姿を見せたのは──

おっぱい

白く、大きく、そして、とても美しい――おっぱい。

「――」

それはあの日、この場所で見た『美』だった。

理想のおっぱい。

彩人がそれまで以上に本気でおっぱい写真に取り組むことになったきっかけ。

点と線が繋《つな》がり合い、記憶が想起され像を結ぶ。

全てがスローモーションに見える世界で、彩人はとっさにカメラに手を伸ばす。

が、あまりにも凄《すさ》まじい究極の美を前に彩人の意識が急激に遠のいていく。

これまでの経験と知識を総動員し一瞬で構図を決め、ファインダーにその『美』を収めるも彩人の身体は崩れ落ち――。

「あっ」

小さく悲鳴をあげる雪希の前で彩人の身体は倒れていく。

全てがスローモーションに見える世界の中で、シャッターボタンから彩人の指が離れる。

最後の瞬間、写真が撮れたかどうかはわからない。

ただ一言、胸の中に想《おも》いが言葉となって浮かんだ。

――おっぱいは、最高だぜ。

ボン

あとがき

はじめまして。

第8回オーバーラップ文庫大賞にて銀賞をいただきました、美月麗《みつきれい》と申します。

この度は、処女作である「カメラ先輩と世話焼き上手な後輩ちゃん」をお手にとっていただき、誠にありがとうございます。どうぞよろしくお願いいたします。

本作はおバカな少年が、熱い魂を込めて美少女のおっぱい写真を撮るという物語です。思いつきでガー！　と書いた作品ではありますが、それでも美少女への愛や感謝を無限に捧《ささ》げた作品でもあります。一人の人間として「美少女を笑顔にしたい」。そして、一人の作者として、「美少女で読者の皆様を笑顔にしたい」――その願いをもっと上手に表現できるよう、日々精進いたします。

ペンネームは、母からいただいた「水月麗」と言う名前を「美月麗」とさせていただきました。母は作家になる気はなかったけれど、別の名前を考えたことがあったそうです。ペンネーム含め母や家族には心から感謝しています。本当にいつもありがとうございます。

幸運に恵まれていると実感する今日この頃ですが、担当のS様との出会いもまさにその幸運でした。担当のS様は優しい方で、右も左もわからない初心者の自分に次から次へと目から鱗《うろこ》が落ちるようなアドバイスをぽんぽんしてくださり、最前線で活躍する編集さんSUGEEE！　と感動しきりでした。本作のタイトルは、担当のS様がつけてくださったものです。最高に気に入っています。担当のS様、本当にいつもありがとうございます。

　本作がきっかけではじめたＴｗｉｔｔｅｒにおいて、たくさんの方から温かなお気持ちをいただきました。いいね、リツイート、コメント等、いつも感謝を溢《あふ》れさせながら受け取っています。皆様、本当にありがとうございます。

　イラストを担当してくださった、るみこ先生。本当に素晴らしいイラストをありがとうございます。キャラデザ、表紙イラストをいただいた時に見た雪希《ゆき》たちの最高の輝きは、永遠に忘れません。まさに無限の美と幸福をいただきました。るみこ先生にイラストを担当していただけていること、日々感謝しております。心から、ありがとうございます。

　最後に、お世話になっている皆様に感謝を述べさせていただきます。

　本作の完成のために一緒に頑張ってくださったるみこ先生、編集担当のS様、オーバーラップ文庫編集部の皆様、校正様、印刷所の皆様、この本の出版に尽力してくださった全ての皆様、そして、本書を手にとってくださった読者の皆様、Ｔｗｉｔｔｅｒで見守ってくださる皆様――本当に、本当に、ありがとうございます。

　感謝を込めて全力で書いていきますので、これからもどうぞよろしくお願いいたします。

　皆様に、無限の感謝を捧げます！

　心から、ありがとうございます！

OVERLAP

カメラ先輩と
世話焼き上手な後輩ちゃん 1

発　　行　2022年1月25日　初版第一刷発行

著　　者　美月 麗
発 行 者　永田勝治
発 行 所　株式会社オーバーラップ
〒141-0031　東京都品川区西五反田 8-1-5
校正·DTP　株式会社鷗来堂
印刷·製本　大日本印刷株式会社

Printed in Japan ISBN 978-4-8240-0082-8 C0193